VISIONS

Édition originale parue sous le titre *Clarity*

Publiée par *Point,* une marque du groupe *Scholastic*

ISBN : 978-2-02-105094-3

Kim Harrington

VISIONS

Traduit de l'anglais (États-Unis)
Par Laure Manceau

Seuil

À ma mère et à mon père,
qui ont toujours cru en moi,
même au plus fort de mes doutes.

I

– Ne me tue pas, tu vas le regretter.

– Je sais, Claire. Mais il le faut.

Étourdie par une vilaine blessure à la tête, j'étais rongée par le remords : de n'avoir rien vu venir, d'avoir laissé mes sentiments obscurcir mon jugement. Je me retrouvais maintenant avec un pistolet braqué entre les deux yeux.

Jamais je n'aurais cru finir comme ça : par terre, chez moi, appuyée sur les coudes, à demander grâce. Sur ma droite, vêtements froissés, gisait le garçon que j'aimais – et il avait fallu qu'on lui tire dessus pour que je m'en rende compte.

– Ça ne te ressemble pas. Tu n'es pas un assassin.

J'essayais de lui faire entendre raison, de gagner une minute de vie.

– Il y a quinze jours, j'aurais dit la même chose. Mais tu es bien placée pour savoir qu'on ne doit pas se fier aux apparences. Les gens peuvent faire des choses insoupçonnables. On croit connaître quelqu'un et puis…

Mon futur assassin a haussé les épaules et armé son pistolet.

Là, tout est devenu noir.

II

Neuf jours plus tôt

– *She's a super freak ! Super freak ! She's super-freaky, yo !*

Par manque de chance, Billy Rawlinson et Frankie Creedon étaient aussi à la supérette. Depuis le rayon d'à côté, ils me chantaient le refrain de Rick James en passant la tête au-dessus des boîtes de céréales, comme des marmottes sorties de leur trou. J'ai levé les yeux au ciel, et ils ont éclaté de rire comme seuls deux crétins savent le faire. À leur façon de me chambrer, on aurait pu me croire à l'école primaire. Mais non. J'avais seize ans, c'était l'été, j'allais entrer en première. Et bien que Billy et Frankie aient fini le lycée, je n'étais toujours pas débarrassée d'eux. Ils se moquaient de moi depuis la maternelle, et leur répertoire n'avait pas beaucoup évolué. Ils m'avaient servi le refrain de *Super Freak* des dizaines de fois.

J'ai choisi de les ignorer et me suis dirigée vers la caisse. Malheureusement, ils m'ont suivie.

– Alors, qu'est-ce qu'on achète, Claire ? m'a demandé Billy. Des bougies ? Une boule de cristal ?

Non, rien qu'un Coca light et un paquet de donuts au sucre glace. J'ai sorti un billet de dix dollars de ma poche en m'abstenant de tout commentaire.

– Hé ! la cinglée, on te cause, a insisté Frankie.

Il m'a enfoncé un doigt dans l'épaule.

Erreur fatale.

J'étais prête à faire la sourde oreille à leurs remarques débiles, mais qu'ils me bousculent, ça, pas question. J'ai levé mon coude le plus haut possible, puis l'ai ramené en arrière de toutes mes forces, pile dans son bide.

Il s'est plié en deux en lâchant un *humpf*.

J'ai fait volte-face avec mon petit sourire d'innocente.

– Oh non, tu t'es pris mon coude pendant que je rangeais la monnaie dans ma poche ? Désolée, Frankie. Tu devrais apprendre à garder tes distances.

Frankie faisait son possible pour ne pas vomir, mais Billy, lui, m'a lancé un regard menaçant.

– Tu vas nous le payer.

J'ai attrapé mon sac et suis sortie du magasin la tête haute. Ce n'était pas la première fois que j'avais des ennuis de ce genre, ni la dernière, j'imagine.

J'avais eu droit à des 666 gribouillés sur mon casier. Et vu le nombre de fois où j'entendais « cinglée » sur mon passage, on aurait pu croire que c'était mon vrai prénom. Ricanements, chuchotements et index pointés m'avaient souvent accompagnée dans les couloirs de l'école.

Je n'avais rien fait pour mériter ça. Contrairement à ce que tout le monde croyait, je n'étais ni adepte du culte du diable ni un rejeton de Satan.

Mais oui, je suis d'accord, j'étais différente.

Et c'était mal vu.

À Eastport, station balnéaire de Cape Cod, vit une famille de « cinglés » : ma famille. Je suis extralucide. Mon frère est médium. Et ma mère télépathe. Les touristes nous adorent. Mais les gens d'ici nous méprisent.

Je m'appelle Claire Fern et mon frère Periwinkle Fern, mais, heureusement, on nous appelle Claire et Perry. Franchement, quelle idée ont eue nos parents ? Claire et Periwinkle ? Ils devaient être sous acide ce jour-là. Ma mère, elle, s'appelle Starla. Mais d'après son acte de naissance, son prénom est Mary.

On habite une grande maison victorienne dans le quartier animé de la ville, près du front de mer. Mes parents l'ont achetée quand ils se sont mariés et ont quitté la « communauté spirite » dans laquelle ils avaient grandi. C'est une maison ancienne très chouette, sans fantômes comme locataires, dont le rez-de-chaussée héberge la petite entreprise familiale : séances de lecture à domicile. Mais attention, rien à voir avec les livres.

Perry m'attendait dans la voiture. Je me suis glissée à côté de lui, soulagée de constater que le moteur n'avait pas rendu l'âme. C'était une Honda Civic noire ; elle avait huit ans et affichait 200 000 kilomètres au compteur. Perry en voulait une nouvelle, maman n'était pas d'accord tant que celle-ci roulait. Alors en la démarrant tous les matins, il espérait entendre le clic-clic-clic fatal, mais ce bon vieux tas de ferraille faisait de la résistance.

Quand on s'est engagés sur la grand route, j'ai vérifié dans le rétro que les deux zozos ne nous suivaient pas dans leur pick-up.

– J'ai vu les deux autres cloches entrer dans le magasin. Ils t'ont fait des misères ?

– Oh ! tu me connais, rien d'insurmontable.

Perry a souri.

Difficile de croire qu'on est frère et sœur. J'avais hérité des cheveux roux, des taches de rousseur et de la petite taille de ma mère, alors que lui avait les cheveux bruns, la peau laiteuse et dépassait le mètre quatre-vingts. Malgré tout, il avait le même regard bleu azur que maman et moi. Une petite cicatrice au sourcil droit lui donnait un soupçon de mystère. Inutile de dire que tous les ingrédients étaient réunis pour enflammer la plupart des jeunes filles.

Perry passe le plus clair de son temps à courir après les nanas et à enchaîner les conquêtes. Cette ville est une aubaine pour lui, vu que toutes les semaines de nouvelles touristes débarquent. Il a dix-huit ans et entre à la fac cet automne. La gent féminine de Boston n'a qu'à bien se tenir.

Un jour, maman a laissé entendre qu'il ressemblait beaucoup à notre père, mais nous on ne se souvient pas de lui. Il est parti sans un mot il y a quinze ans. Il faudrait torturer ma mère pour en savoir plus, alors on n'insiste pas. Perry et moi, on est persuadés que le paternel nous a lâchement abandonnés, mais que maman est encore trop amoureuse de lui pour en dire du mal, alors elle se tait.

Perry a mis son clignotant et s'est engagé sur une route secondaire – astuce qui nous permettait d'éviter les sempiternels embouteillages de la route 28. L'été, la circulation est très dense dans Hyannis et Yarmouth, mais se fluidifie un peu à Eastport, grâce à Rigsdale Road.

Mais, à peine arrivés sur Rigsdale, les embouteillages ont commencé. On a dû s'arrêter.

J'ai soupiré en regardant ma montre. Dix heures moins cinq. On ouvrait normalement à dix heures, et puisque c'était le week-end du 4 Juillet, on avait des lectures toute la matinée, sans compter les clients qui débarqueraient à l'improviste. J'aurais dû résister à mon envie de donuts. Maman allait faire la tronche. Pour une prétendue hippie très ouverte d'esprit, elle était hyper à cheval sur la ponctualité.

Deux minutes plus tard, on n'avait toujours pas fait un mètre.

– Mais que se passe-t-il, bon sang ? a pesté Perry.

J'ai passé une tête par la fenêtre. Quelques centaines de mètres plus loin, il n'y avait pas une voiture. Qu'était-il arrivé ? Un accident ? J'ai rentré la tête avant d'étouffer et j'ai augmenté la clim.

– Aucune idée.

Une voiture de police a fini par faire demi-tour sur la route ; elle sortait du motel *Le Jardin du Roi* – qui n'abritait ni jardin ni roi, mais dont la déco assez moche donnait dans le Tudor et où la nuit ne coûtait que 79 dollars. Le policier a bloqué la route pour permettre à une ambulance et trois autres voitures de patrouille de sortir. J'étais sidérée. Je n'aurais jamais imaginé que notre petite ville possédait tout cet arsenal.

Une simple ambulance n'aurait pas attiré mon attention ; chaque été apporte son lot de crises cardiaques et d'overdoses. Mais là, ça semblait plus grave.

Je n'en revenais pas ! Dommage, je n'aurais pas le temps de mener ma petite enquête. Les voitures avançaient de nouveau et nous étions officiellement en retard.

– Maman va me tuer.

Je ne plaisantais qu'à moitié.

– Ouais, a répondu Perry distraitement, regard rivé sur le motel.

Au lieu de me réconforter, mon frère a monté le son de la radio. C'est la musique qui s'est chargée de me faire oublier le savon qui m'attendait. J'ai réalisé que nous étions arrivés quand Perry a coupé le moteur.

Notre maison est couleur lavande, ou « mauve maison hantée », comme je dis souvent. Entourée d'une grille en fer forgé, elle a de hautes fenêtres voûtées, une façade à pignons, une loggia en bois tarabiscotée, et une tour. Sur le panneau de la grille, on peut lire LECTURES PAR LA FAMILLE FERN.

Je me suis ruée dans le vestibule, qui fait office de salle d'attente, et j'ai laissé tomber mon sac par terre. Maman avait dû commencer sans nous. J'ai ouvert la porte de la salle de lecture, notre salon, une pièce tout en longueur, haute de plafond et ornée de moulures.

D'épaisses tentures en velours rouge masquaient les fenêtres. Une grosse bougie trônait sur la table tandis que de plus petites brillaient sur le manteau de la cheminée.

Ma mère m'a regardée comme si je venais de l'insulter.

– C'est gentil à toi de te joindre à nous.

– Désolés pour le retard, a soufflé Perry en se glissant dans la pièce avec un grand sourire.

J'ai serré la main du couple assis de l'autre côté de notre longue table en ébène. La femme, grande et mince, avait la cinquantaine ; elle portait une robe bain de soleil jaune et un grand chapeau de paille. Son mari arborait le smoking du touriste : bermuda en toile et chemise en soie à fleurs.

Ma mère préfère être entourée de ses enfants, mais j'ai décidé de prendre place à côté de Perry : ainsi, il faudrait qu'elle passe par lui pour m'atteindre. Il m'a gentiment tapoté l'épaule. C'était la spécialité de mon frère : calmer les gens et vous donner le sentiment que tout va bien se passer.

Maman a soupiré en joignant les mains.

– Bien, suite à cette interruption, j'ai besoin d'une minute supplémentaire pour pénétrer la zone de méditation.

Elle n'avait pas besoin de cette minute. Ni de l'éclairage tamisé, des bougies, de la musique de chambre en fond sonore et tout le tralala. Son don fonctionnait quand elle le voulait, il lui suffisait de tendre l'oreille. Mais les clients voulaient tout le décorum, alors on le leur servait sur un plateau.

Ma mère possède le don le plus fiable. Heureusement, elle n'entend pas des voix à longueur de temps, ça la rendrait folle. Il lui suffit de concentrer son énergie sur une personne à proximité pour entendre ses pensées, mais elle n'a accès qu'à ce que pense la personne sur le moment. Facile, donc, de lui cacher des choses. Par exemple, quand j'ai un problème à l'école et qu'elle essaie de s'immiscer dans mes pensées, je songe à des trucs dégueus comme une benne à ordures ou des scènes de mes films d'horreur préférés. Après quoi elle me laisse tranquille.

Elle s'est éclairci la voix et a ouvert les yeux.

– Monsieur Bingham, vous ne croyez pas en nous. Vous nous prenez pour des imposteurs.

Mr Bingham a acquiescé.

– Je vous l'accorde. Je suis sûr que 80 % des gens qui franchissent cette porte pensent la même chose. Surtout les hommes qui se font traîner de force par leur femme. Les hommes ont tendance à être plus... rationnels.

Perry a posé une main ferme sur mon genou pour m'empêcher de bondir sur cet imbécile.

Maman s'est tournée vers la femme.

– Quant à vous, madame Bingham, vous croyez en nous, mais vous avez peur de ce que nous allons vous dire. Par exemple, si nous voyions que vous alliez mourir.

– Mais oui, c'est exactement ce que je pense !

Mr Rationnel a étouffé un grognement.

– Bien joué. Mais je suis sûr que 80 % des gens qui viennent vous voir se posent exactement la même question.

– Et saviez-vous que 98 % des statistiques sont inventées sur l'instant ? suis-je intervenue.

Perry m'a donné un coup de pied sous la table.

Maman m'a fusillée du regard.

– Vous avez raison, monsieur Bingham. C'est une question très fréquente. Mais, à la vérité, on ne vous dira jamais que vous allez mourir. On ne peut pas prédire l'avenir.

– Bingo ! Vous l'admettez !

L'enthousiasme a failli le faire bondir de sa chaise, tel Archimède dans son bain.

– Monsieur Bingham, vous vous méprenez, a dit Perry de sa voix apaisante. Nous n'avons jamais prétendu voir l'avenir. Nos lectures ne sont pas de ce genre.

– Alors que faites-vous précisément ? a voulu savoir Mme Bingham.

– On travaille tous les trois de concert, a expliqué maman. Je suis télépathe, je lis dans vos pensées. Ma fille est extralucide : elle reçoit des visions en touchant des objets qui vous appartiennent. Et mon fils est médium : si un esprit veut entrer en contact avec vous, il peut l'entendre, et parfois le voir. Nos lectures ont pour but de divertir les gens.

Mr Bingham a pouffé.

– Et en avant pour le spectacle !

– Pouvez-vous me donner chacun un objet ? ai-je demandé en tendant les mains.

Le vrai nom de mon don, c'est la psychométrie rétrocognitive. L'énergie et les souvenirs laissent des empreintes sur les objets, que je suis capable de capter, de voir, de sentir ou d'entendre en esprit. Le plus gênant avec ce don, c'est qu'il est totalement imprévisible. Parfois, je m'agrippe à un objet, le supplie de me donner quelque chose, mais rien ne vient. Et même si une concentration extrême est nécessaire, j'ai de temps en temps une vision sans rien demander. Je ne peux rien forcer, rien éviter. C'est comme ça que ça marche.

Mme Bingham a déposé une perle montée en boucle d'oreille dans ma main gauche et son mari un téléphone portable dans ma main droite. Des flashs me sont apparus aussitôt, mais il m'a fallu un peu de temps pour y mettre de l'ordre.

– Vous avez acheté ces boucles d'oreilles dans un endroit original. Vous étiez aux anges. Le magasin… le magasin se trouvait à l'intérieur de quelque chose.

– À l'intérieur ? Mais ça ne veut rien dire ! a dit le mari.

– Attendez.

Je me suis concentrée davantage.

– Un paquebot. Vous avez acheté ces boucles d'oreilles en croisière pendant votre lune de miel. Vous y tenez énormément.

Mme Bingham a souri.

– C'est exact.

Puis elle a regardé son mari de travers.

– Toi, tu ne t'en souvenais même pas.

Il a haussé les épaules.

– Et mon téléphone, alors ? Attendez, vous allez me dire que j'ai appelé quelqu'un avec.

J'ai immédiatement capté un truc et j'ai braqué les yeux sur lui, tout en essayant de garder mon sang-froid. Il a eu un mouvement de recul, légèrement effrayé, à juste titre. Mais je ne pouvais rien dire. Maman nous le répète sans cesse : les mauvaises nouvelles, ça n'est pas bon pour les affaires. Concentrez-vous sur le positif.

– Après avoir été licencié, vous vous êtes beaucoup servi de ce téléphone pour trouver un nouvel emploi. Vous venez d'ailleurs de décrocher un nouveau poste prestigieux, ce qui explique vos vacances ici pour fêter ça.

Mme Bingham a tapé des mains. Lui a hoché la tête. Je leur ai rendu leurs affaires.

– Bien, a dit maman. Faisons le silence pour voir si mon fils capte des esprits.

Si vous voulez mon avis, à la grande loterie paranormale, Perry a tiré le mauvais numéro. Son don est aussi aléatoire que le mien, mais demande que plein de conditions soient réunies. Il a besoin de se concentrer bien plus que nous, ce qui le vide de toute énergie. Parfois, certains de nos clients n'ont dans leur entourage aucune personne décédée désireuse de leur faire passer un message. Ils repartent alors déçus. Mais quand Perry parvient finalement à entrer en contact avec quelqu'un, il a quoi en échange ? Le droit de s'entretenir avec un mort. Super.

Les yeux fermés, il a inspiré plusieurs fois par le nez. À part sa poitrine qui se soulevait et retombait, il était parfaitement immobile. Au bout d'une minute, il a ouvert les yeux.

– J'ai ici une Paula.

– Maman ? s'est écriée Mme Bingham. Ma mère est ici ?

– Oui, elle dit qu'elle est votre mère.

Mr Bingham a roulé de gros yeux et croisé les bras en travers de son torse bombé.

– Prouvez-le.

Perry a incliné la tête.

– Hum, d'accord. Elle dit qu'elle ne vous a jamais aimé et qu'elle n'a pas changé d'avis.

Le rouge lui est monté aux joues tandis que sa femme gloussait.

– C'est vrai. Maman ne t'a jamais porté dans son cœur, chéri, et tu le sais.

– Elle dit aussi qu'elle aime bien votre chapeau, qu'il lui rappelle celui que grand-mère portait tout le temps, a repris Perry.

– C'est pour ça que je l'ai acheté, a dit Mme Bingham, les larmes aux yeux. Quand je l'ai vu dans le magasin, j'ai pensé à grand-mère.

J'ai entendu la sonnette d'entrée retentir et la porte d'entrée s'ouvrir, mais au lieu d'attendre dans le vestibule comme indiqué sur le petit écriteau, la personne s'est mise à tambouriner à la porte du salon.

– Qu'est-ce que c'est que ce raffut ? s'est indignée maman en allant voir.

Le tournoiement de sa longue jupe noire a cessé abruptement quand elle a ouvert la porte en grand.

– Milly ?

Milly se tenait sur le seuil dans une de ses robes dignes de *La Petite Maison dans la prairie*, chaussettes en accordéon sur les chevilles. Elle habite à côté, une maison semblable à la nôtre, au détail près que la déco est moins sinistre. Le rez-de-chaussée est occupé par une boutique d'antiquités qui marche très bien en été. Milly est une de ces vieilles dames qui se nourrissent davantage de cancans que de pain. Mais malgré sa tendance aux commérages, on l'aime bien : elle nous accepte tels qu'on est et nous envoie pas mal de clients.

– Dieu merci, vous êtes là. J'ai des nouvelles sidérantes à vous raconter.

Milly est entrée bien qu'on ne l'y ait pas invitée.

– Milly, on est en pleine lecture, me suis-je permis de dire.

– Ce que j'ai à vous dire ne peut pas attendre.

– J'espère qu'il s'agit au moins d'une question de vie ou de mort, a dit maman.

Milly a souri.

– Et comment.

Puis elle s'est gratté la tête.

– Enfin, c'est plus une question de mort.

Rien de très surprenant. Tous les matins, Milly épluchait la rubrique nécrologique du journal.

– Bon, eh bien, allez-y maintenant, a dit Mr Bingham. Vous empiétez sur la séance pour laquelle on a payé. Vous feriez mieux de nous épater.

Milly a écarquillé les yeux.

– Il y a eu un meurtre au *Jardin du Roi* !

J'ai porté une main contre ma poitrine. Je m'étais attendue que Milly nous parle d'un vieux croûton de cent ans décédé dans son sommeil. Pas d'un assassinat ! Cela expliquait les voitures de police et l'ambulance de tout à l'heure. J'ai senti mon cœur s'emballer.

– Comment le savez-vous ? a demandé Perry.

– Eh bien, il se trouve que Ed Farmington s'est encore fait voler un de ses nains de jardin, alors il est allé au commissariat porter plainte. Mais personne ne voulait s'occuper de lui ! Ils lui ont dit de revenir le lendemain parce qu'ils étaient débordés. Alors naturellement, il s'est attardé pour glaner quelques informations.

– Pour écouter aux portes, ai-je rectifié.

Elle a repris son souffle avant de poursuivre.

– Ils ont trouvé une jeune fille assassinée dans sa chambre. On lui a tiré dessus !

J'ai senti mon ventre se nouer. Une fille de mon âge, peut-être. Tuée. Ici.

Perry s'est frotté le menton avec nervosité.

– Est-ce qu'ils savent qui est le coupable ? Et quel est le mobile ?

– Pas que je sache. Selon la rumeur, son portefeuille et l'argent qu'il contenait sont restés intacts sur la table de chevet.

– C'était quelqu'un du coin ou une touriste ? a demandé maman, le front plissé.

– Une touriste, a dit Milly doucement.

Perry et moi avons échangé un regard. Ça multipliait les ramifications. L'angoisse me vrillait l'estomac.

– Quelle horreur, a dit Mme Bingham.

– Hé, mais vous n'êtes pas censés être voyants ? a lancé son mari. Pourquoi vous n'avez rien vu venir ? Et pourquoi vous n'avez pas averti cette fille ?

Maman a soupiré.

– Monsieur Bingham, je vous le répète : on ne peut pas prédire l'avenir.

– Ouais, c'est bien ce que je disais, vous n'êtes qu'une bande d'imposteurs.

J'en avais plus qu'assez. De rage, je me suis tournée vers Mme Bingham.

– Vous connaissez une certaine Jane Sutherland ?

Ma question a semé la panique sur ses traits délicats.

– Oui. C'était la secrétaire de mon mari, avant qu'il ne soit renvoyé. Pourquoi ?

– On ne l'a pas licencié. Il s'est fait virer. La société de votre mari a un règlement très strict en ce qui concerne les parties de jambes en l'air avec les secrétaires, mais votre mari ne semble avoir aucun scrupule de ce côté-là.

– Claire ! a crié maman.

Elle m'a agrippé le bras pendant que Perry me tirait dans l'autre sens. Mme Bingham est sortie en pleurs, talonnée par son mari qui fulminait et nous traitait de menteurs. Milly s'est éclipsée sur la pointe des pieds. Notre rendez-vous suivant, un jeune couple, est entré, a regardé ce petit cirque bouche bée et a immédiatement fait demi-tour. Il était presque onze heures. Je n'avais même pas pris de petit-déjeuner. Mais voilà, c'était ça ma vie.

Bienvenue chez les cinglés.

III

À l'âge où la plupart des enfants ont droit à un petit discours sur le thème « comment on fait les bébés », mon frère et moi avons été informés de la « monstritude » qui nous pendait au nez.

– Rien ne permet d'affirmer que vous aurez un don, avait dit maman en se frottant les mains, réjouie à l'avance. Mais vu vos antécédents, j'ai pensé qu'il était temps de vous mettre au courant.

Mon père et ma mère étaient originaires d'une petite ville du Berkshire, une province dans l'ouest du Massachusetts, autoproclamée « communauté spirite ». Là-bas, tout le monde prétend détenir un pouvoir paranormal, et les familles les plus douées sont invitées à se croiser pour garder des gènes d'exception. Il existe même des mariages arrangés.

Mon père et ma mère étaient issus d'une lignée bien dotée – comprendre que la monstritude remontait à plusieurs générations. Il n'y avait aucun moyen de prédire comment les bizarreries de mon ADN se manifesteraient chez moi. La seule constante notable chez les gens comme nous était que le don se révélait en général à la puberté.

J'ai toujours été au courant du don de ma mère. Quand j'étais petite, elle détectait tous mes mensonges. À la moindre bêtise, il était impossible de m'en tirer. Alors quand elle nous a révélé qu'on aurait aussi peut-être un don particulier, ça ne m'a pas vraiment étonnée. C'était naturel, comme toute autre chose qu'on peut hériter de ses parents.

Maman nous a expliqué que nos dons s'apparentaient à un talent quelconque. Certains naissent avec une voix incroyable ou une aptitude pour tel sport : ils n'ont qu'à s'entraîner pour le faire éclore et grandir. Pareil pour nous. Quand nos dispositions particulières ont émergé, ma mère nous a aidés à les identifier, à les maîtriser et à les utiliser, comme sa propre mère avait fait avec elle.

On a compris quel était le don de Perry le jour où, à l'âge de douze ans, il a simplement dit à maman que grand-mère nous passait le bonjour. Le fait qu'elle soit morte était un indice de taille.

Quand j'avais onze ans, pendant une réunion parents-professeurs, une de mes profs a dit à maman que j'avais des problèmes de concentration depuis quelque temps ; elle craignait que je n'exploite pas toutes mes capacités. La plupart des mères se seraient inquiétées. Mais la mienne était aux anges. De retour à la maison, elle m'a interrogée pour connaître le fin mot de l'histoire. J'ai admis que je n'arrêtais pas d'avoir des rêves éveillés que je ne comprenais pas. Je ne me doutais pas que c'était mon don qui commençait à éclore.

J'ai eu ma première vision devant toute ma classe de sixième. Cody Rowe venait de foirer un exercice de maths enfantin au tableau. Le prof l'a renvoyé à sa place et m'a demandé de venir tenter ma chance. Je me suis traînée jusqu'à l'estrade à contrecœur – je détestais être le centre d'attention. Les doigts tremblants, j'ai effacé les bêtises de Cody. En décapuchonnant le marqueur, j'ai eu comme un vertige, du fait de son odeur et des vingt paires d'yeux braquées sur moi. J'ai fermé les yeux, en espérant trouver un peu de calme. Et là, l'horreur : j'avais oublié le problème à résoudre. En me concentrant, j'ai fini par trouver une réponse que j'ai écrite au tableau, les yeux encore fermés, puis j'ai reculé d'un pas pour la lire.

J'ai d'abord entendu des rires étouffés, puis une franche rigolade quand le prof m'a renvoyée à ma place. J'avais réécrit la même réponse que Cody, la mauvaise. Moi qui avais toujours eu des facilités en maths, j'étais perdue. Je n'avais pas pigé que la réponse fournie par mon esprit n'était pas la mienne mais celle trouvée par Cody quelques minutes auparavant alors qu'il tenait le même marqueur.

Une fois que maman m'a expliqué comment fonctionnait mon don, j'ai appris à le contrôler et à faire la distinction entre la réalité présente et mes visions.

Mais là, sur le moment, dans le vestibule avec les Bingham qui venaient de nous planter, je me suis simplement dit : « Si seulement on était une famille normale, avec des problèmes normaux. »

Maman était furax. Elle m'en voulait d'avoir enfreint la règle concernant les mauvaises nouvelles en révélant le secret de Mr Bingham. J'étais trop secouée par l'annonce du meurtre pour me défendre et j'ai dû endurer ses reproches jusqu'à ce qu'elle s'en prenne à Perry.

– Tu es rentré à minuit passé hier soir, je t'ai entendu, a-t-elle dit en pointant un index vers lui.

– Maman, Perry est grand maintenant. Il a dix-huit ans. Il peut bien sortir après minuit pendant les vacances si ça lui chante.

– Pas si la fatigue l'empêche de se concentrer sur son travail le lendemain. C'est peut-être une affaire familiale, mais ça reste un vrai travail !

Elle enrageait et gesticulait en tous sens.

Perry n'avait pas l'air très fatigué. Maman avait encore dû lire dans ses pensées. Mais inutile de se risquer à interrompre sa tirade en le lui faisant remarquer.

– Vous avez manqué à votre devoir, vous m'entendez ? L'un comme l'autre !

Elle est partie comme une furie vers la cuisine, écrasant au passage le sac de donuts que j'avais laissé par terre et sur lequel je comptais pour me restaurer, même si l'heure du petit-déjeuner était déjà loin. Perry m'a prise par le coude pour m'emmener jusqu'à la porte d'entrée.

– Bon, maman est à bout. Viens, elle a besoin d'un peu de temps pour souffler.

– Mais on peut pas laisser tout en plan comme ça. Et les autres rendez-vous, alors ?

Il a démarré la voiture.

– Tu parles des clients que tu viens de faire fuir ? Grâce à toi, on a une heure de libre devant nous.

J'ai gémi en m'enfouissant le visage dans les mains, avant de rejoindre Perry dans la voiture.

– On va où ?

– Retrouver Nate au *Miam-Miam*. J'ai la dalle. Et puis, ça laissera le temps à maman de se calmer. On va manger, bavarder un peu, et quand on sera de retour pour le rendez-vous suivant, elle aura décompressé.

J'ai acquiescé. Il avait raison. On est passé en silence devant les boutiques de souvenirs, les mini-pirates du minigolf, les cottages et leurs rosiers grimpants, les maisons typiques à bardeaux, avant d'arriver au restaurant.

Le *Miam-Miam* a ouvert il y a une trentaine d'années. Au début, on n'y servait que des petits-déjeuners. Depuis l'ajout d'une grande salle, d'une terrasse et d'un comptoir, l'endroit était devenu le resto-bar le plus populaire d'Eastport. Les touristes adoraient la soupe de palourdes. Les gens du coin adoraient le bar. Les gamins adoraient les sundaes au chocolat. Et pour les ados, c'était le point de ralliement idéal. C'était un peu notre *Peach Pit* à nous, sauf qu'on ne portait pas de fringues de grands couturiers et qu'on ne conduisait pas de Ferrari. Eastport n'avait quand même pas grand-chose à voir avec Beverly Hills.

Dès notre arrivée, Nate nous a fait signe depuis sa banquette. Le décor était un peu chargé : casiers à homards pendus au plafond, ancres accrochées dans les coins, poisson géant sur le mur, photos encadrées de pêcheurs fiers de leurs grosses prises, sans compter les tee-shirts à vendre estampillés « *Miam-Miam* », bleu électrique.

Perry a poussé Nate du coude pour s'asseoir, et je me suis installée en face d'eux.

– Alors, Claire, comment ça va ? m'a demandé Nate.

Ses yeux verts luisaient d'un éclat inhabituel.

– Bof.

J'ai désigné le menu du menton.

– T'as repéré quelque chose d'appétissant ?

– La serveuse, il a répondu avec un clin d'œil.

Perry s'est foutu de lui.

– Gros malin.

D'aussi loin que je m'en souvienne, Nate Garrick était le meilleur ami de Perry. Il habitait dans notre rue. Ils avaient tout traversé ensemble : leur phase Star Wars, leur phase skateboard, la découverte des filles. Mais Nate, contrairement à mon frère, n'avait rien d'un coureur de jupons. Il était plutôt versé dans les études. Depuis un an, il écrivait pour le journal du lycée. Ses articles étaient tellement bons qu'il avait décroché un stage d'été au journal local, en attendant d'entrer à la fac à l'automne, en journalisme.

Nate était autant mon pote que celui de mon frère. Je passais le plus clair de mon temps avec eux, surtout depuis que j'avais rompu avec mon copain. Je n'avais pas vraiment d'amis à moi, mais avec Perry et Nate, je n'avais jamais eu le sentiment d'être la cinquième roue du carrosse.

J'ai jeté un œil au menu, même si je le connaissais quasiment par cœur. La spécialité ? Les fruits de mer. Pas franchement ma tasse de thé. Oui, je vis à Cape Cod et je ne mange pas de fruits de mer. Je sais, c'est un crime. Heureusement, ils servaient le petit-déjeuner à n'importe quelle heure, alors j'ai pris des pancakes à la myrtille, en espérant que les garçons ne commanderaient rien qui pue le poisson. Ma prière intérieure – « pas de clams, pas de clams, pas de clams » – a dû fonctionner : ils ont demandé des hamburgers-frites.

– Alors, qu'est-ce que tu fais là de si bonne heure ? a demandé Nate à Perry. Je croyais que vous aviez plein de boulot.

– Disons que Claire et sa délicatesse légendaire nous ont libérés une heure plus tôt.

– Ce qui fait de moi un chanceux, a dit Nate. Vous avez entendu, pour le meurtre ?

J'ai acquiescé.

– Milly a débarqué en pleine lecture pour nous en parler. À propos, tu ne devrais pas être sur le terrain pour faire ton boulot de reporter ?

– C'est ce que je suis en train de faire. Tu vas voir.

La porte s'est ouverte et un homme que je voyais pour la première fois est entré. Grand, épaules larges, bronzé, brun, pas mal dans le genre vieux beau. J'en étais là dans mes pensées quand son clone, en plus jeune, a fait son apparition. Sa démarche débordait d'assurance et son corps irradiait. Il portait un jean taille basse et un tee-shirt moulant. En passant devant notre table, il a posé ses yeux noirs sur moi et m'a décoché un petit sourire. J'ai fondu sur place.

– On se demandait ce qu'il y avait d'appétissant, j'ai murmuré.

– C'est pour lui que je suis là, a dit Nate.

– Tiens, je ne savais pas que tu avais viré de bord, mais bravo, tu as bon goût.

Nate a levé les yeux au ciel.

– C'est le nouvel inspecteur d'Eastport, avec son fils.

J'ai jeté un œil par-dessus mon épaule et les ai observés s'installer dans un coin.

– Il paraît que c'est un crack de New York, mais il a été muté ici. Son fils sera en terminale à la rentrée.

Un nouveau canon à l'école, youhou !

– Comment il s'appelle ?

– L'inspecteur s'appelle Anthony Toscano. Son fils, c'est Gabriel.

Gabriel Toscano. Mince alors. Même son nom était sexy.

– Et qu'est-ce qu'un crack comme lui vient faire dans notre trou perdu ? a demandé Perry.

– Je le saurai une fois que je lui aurai parlé, a dit Nate en haussant les épaules.

– Donc c'est pour ça que tu es là.

– Ouais. Notre nouvel inspecteur a déjà ses petites habitudes. Croque-monsieur-frites tous les jours, à la même heure.

– Et qu'est-ce que tu attends, là ? ai-je voulu savoir.

– Je vais le laisser déjeuner en paix. T'es pas très sympa avec les journalistes quand t'as l'estomac vide.

La serveuse nous a apporté nos boissons. Je m'apprêtais à prendre une gorgée de mon Coca quand j'ai repéré un truc à la surface qui ne ressemblait pas à un glaçon.

– Je crois que quelqu'un a craché dans mon verre.

– Quoi ? a dit Perry. C'est pas possible.

Nate lui a glissé mon verre sous le nez et y a jeté un œil.

– Ah mais c'est dégueu ! Quelqu'un a lâché un glaviot dans ton Coca. Qui ferait un truc pareil ?

Notre serveuse avait l'air plutôt sympa. Je ne connaissais pas le cuistot. Et puis j'ai pigé. L'autre serveuse, accoudée au bar, qui me faisait un petit signe de la main, ses ongles roses scintillant dans la lumière du soleil, n'était autre que Tiffany Desposito. Elle était Lex Luthor et moi Superman. La Méchante Sorcière et moi Dorothée. La Fée Carabosse et moi la Belle au bois dormant. Je n'exagérais rien.

Tiffany Desposito était le pilier du trio maléfique qu'elle formait avec Brooke et Kendra. Elles étaient toutes les trois blondes, bien que Brooke soit la seule à être née comme ça. De vraies pestes. Pendant des années, je n'avais souffert que d'une exclusion ordinaire, d'insultes et de farces débiles. Mais au cours de l'année écoulée, Tiffany avait affiné ses méthodes de torture et les choses avaient pris un tour plus personnel. Pour preuve, je contemplais sa bave qui flottait dans mon soda.

– Quelle garce, a dit Perry. Tu veux que j'aille lui dire deux mots ?

– Non, je m'en charge.

J'y suis allée d'un pas décidé et j'ai posé mon verre sur le comptoir avec fracas. Tiffany m'a lancé un sourire hypocrite.

– Une voyante et un médium entrent dans un bar. La voyante dit...

– Va te faire voir.

Elle a froncé les sourcils.

– Attends, Claire, c'est pas ça la suite de la blague.

– Tu sais où tu peux te la carrer, ta blague ? Sers-moi un autre verre et t'avise pas d'y ajouter ta salive infectée cette fois.

Elle a versé le Coca dans l'évier et s'est mise à remplir mon verre à nouveau.

– Non. Je veux un verre propre.

Elle s'est exécutée en grognant.

– Alors, comment va Justin ? m'a-t-elle demandé.

J'aurais volontiers pris un tabouret pour sauter à la perche par-dessus le bar et lui arracher les yeux. Au lieu de quoi, j'ai soufflé un bon coup pour m'en dissuader.

Calme. Du calme.

Ne t'abaisse pas à son niveau.

Tu as de la classe, toi.

Elle, c'est une traînée, doublée d'une psychopathe.

Tu vaux bien mieux qu'elle. Sois à la hauteur.

– Je ne sais pas comment va Justin et je m'en fous.

– Ah bon ? Je croyais que tu tenais beaucoup à lui.

Peut-être qu'elle est suicidaire ? C'est pour ça qu'elle m'incite à la trucider ? J'ai tripoté le dessous de verre posé devant moi, histoire d'empêcher mes mains d'aller l'étrangler.

Subitement, j'ai eu une vision. Tiffany prenait une commande et se disputait avec une fille. Contre toute attente, il ne s'agissait pas de moi. Un autre flash a suivi : je distinguais l'inspecteur Toscano cette fois, entrant dans le bar quelques minutes plus tôt. Tiffany l'avait vu arriver et pétrissait nerveusement un dessous de verre. Celui que je tenais.

Elle avait peur.

Pourquoi avait-elle peur de ce flic ?

– Hé, allô la Terre, tu le veux ton Coca ou pas ?

J'ai essayé d'ignorer sa voix stridente pour retenir ma vision, mais elle s'est brouillée et a disparu. J'ai attrapé mon verre.

– Il paraît que tu t'es embrouillée avec une cliente, hier soir, j'ai dit.

Elle a blêmi, ce que je n'aurais jamais cru possible à cause de son bronzage en toc. Mal à l'aise, elle a enroulé une mèche de cheveux autour de son doigt.

– Qui t'a dit ça ?

– Peu importe.

J'ai décidé de prendre des risques.

– Mais c'est une rumeur très croustillante, étant donné l'identité de cette fille.

Là, elle a carrément viré au vert, et j'ai reculé d'un pas, de peur qu'un jet de vomissure ne sorte de sa bouche, comme dans *L'Exorciste*. Mais elle s'est juste penchée vers moi, les yeux plissés.

– Lâche-moi les baskets.

C'est là que j'ai compris. La dispute. Sa crainte de l'inspecteur. Elle s'était querellée avec la fille qui s'était fait assassiner. Et elle ne voulait pas que Toscano l'apprenne.

J'ai fait demi-tour, grisée par ce que je venais de découvrir. J'avais la mainmise sur Tiffany Desposito. À mon tour de la torturer. Je pouvais la faire souffrir, l'avoir à ma botte pendant des jours, voire des semaines.

– Quel dommage que tu ne sois plus avec Justin, a-t-elle dit une fois que j'ai eu le dos tourné. Il est vraiment mignon. Et qu'est-ce qu'il embrasse bien.

Là, elle avait vraiment dépassé les bornes.

Je me suis retournée et lui ai versé mon verre de Coca sur la tête. Elle a hurlé et agité les mains tandis que le liquide brun coulait sur son visage et entre ses seins XXL. Elle a dégagé de son visage une mèche de cheveux tout poisseux et retroussé les babines.

– Tu me le paieras.

Je me suis contentée de sourire, puis je suis allée faire un tour à la table des Toscano. Ils n'avaient pas raté une miette du spectacle.

– C'est vous, le nouvel inspecteur ?

Le père a acquiescé.

– Vous voyez la fille toute gluante, là-bas ? Elle s'appelle Tiffany Desposito. Elle s'est disputée avec la fille qui a été assassinée. Ça s'est passé hier soir, ici même. Vous devriez lui poser quelques questions. À votre place, je ne lui laisserais même pas le temps d'aller se doucher avant. Elle pourrait prendre la fuite.

Je suis retournée sur ma banquette et j'ai attaqué mes pancakes de bon cœur, plus heureuse qu'une gamine un matin de Noël. Nate et Perry me dévisageaient en silence.

– Finalement, j'aurais peut-être dû y aller.

Nate a secoué la tête.

– Non, elle s'en est sortie comme un chef !

IV

Avantage de l'été : plus d'école, et donc plus de persécutions quotidiennes, notamment de la part de Tiffany Desposito. Inconvénient : être l'otage de la sacro-sainte entreprise familiale.

J'aurais dû me réjouir d'un agenda bien plein. Plus on avait de rendez-vous, plus on gagnait d'argent, et on en avait bien besoin. Pour vivre, manger, ce genre de trucs. Mais parfois, je me demandais comment ce serait de n'avoir aucune responsabilité. De passer l'été sur la plage, en toute insouciance. Ou de m'enfermer dans ma chambre toute une journée, pour écouter de la musique et rêvasser. Les joies simples des filles normales, quoi.

Une fois de retour du *Miam-Miam*, les lectures se sont déroulées sans accroc. Comme l'avait prédit Perry, maman s'était à peu près calmée. Elle m'a même laissé faire la grasse matinée le lendemain, ce qui était inhabituel.

Après la douche, j'ai enfilé mon uniforme estival de base : short en jean et tee-shirt blanc. J'étais assez sobre niveau vestimentaire, surtout comparée à ma mère. Je trouvais que j'attirais déjà assez les sarcasmes comme ça.

Quand je suis descendue, maman faisait les cent pas dans le vestibule.

– Maman, arrête, tu vas user le parquet, a dit Perry en sortant de la cuisine, une tasse de thé à la main.

– Quoi de neuf ? j'ai demandé en m'étirant.

Maman a pris la tasse de thé et s'est assise sur le canapé pour le siroter.

– Nos deux prochains rendez-vous sont annulés.

– Pourquoi ? ai-je demandé en m'installant avec le journal dans mon fauteuil préféré, le plus rembourré.

– Les touristes fuient la ville. La nouvelle du meurtre s'est répandue comme une traînée de poudre et ils rentrent tous se mettre en sécurité chez eux. Juillet, c'est notre meilleur mois. S'il n'y a pas de touristes en juillet, on ne pourra pas payer les factures cet hiver.

Perry lui a massé l'épaule.

– Ne déprime pas, maman. Écoute-moi. Je vais te dire ce qui va se passer. Certains vont céder à la panique, certes. Mais la plupart des touristes vont rester. Tu sais comment ça marche. Il y a 99 % de chances pour que le meurtrier soit un membre de la famille de la victime ou un truc dans ce genre. Quand les gens en sauront plus, ils se rendront compte qu'ils ne craignent rien. Dans le pire des cas, on n'a pas de boulot pendant deux jours. C'est tout.

– Maman, il a raison.

Nos dons étaient géniaux, mais je me disais parfois que le plus grand talent de Perry, c'était sa capacité à persuader notre mère de ne pas se jeter par la fenêtre.

Elle a soufflé un grand coup.

– Oui, vu comme ça, ça tient debout.

Les annulations ne me gênaient pas, au contraire. J'allais pouvoir m'étendre sur la plage avec un bouquin pendant une heure ou deux, ce qui était trop rare. Je rêvassais sur la tournure qu'allait prendre ma journée quand j'ai ouvert le journal et manqué m'étouffer.

Sur une pleine page, une annonce déclinait en images tous les clichés possibles de la voyance : cartes de tarot, constellations, boule de cristal, bougies. La pub disait :

MADAME MASLOV,
VOYANTE DE RENOMMÉE MONDIALE,
S'INSTALLE À EASTPORT !

QUE VOUS RÉSERVE L'AVENIR ?
RENCONTREZ MADAME MASLOV AUJOURD'HUI
POUR SAVOIR CE QUI VOUS ATTEND DEMAIN.

118 RIGSDALE ROAD, EASTPORT,
MASSACHUSETTS
APPELEZ DÈS À PRÉSENT POUR RÉSERVER

Les bras m'en sont tombés. On n'avait vraiment pas de bol.

– Dites-moi que je rêve.

Les mots m'ont échappé.

Maman, qui a senti une source d'inquiétude potentielle, s'est précipitée à côté de moi. Anxieuse, j'ai attendu sa réaction. Elle a levé les bras au ciel, l'air de dire « Pourquoi moi ? », puis, à court d'air, a fini par se lever et s'éventer.

– Quoi, qu'est-ce qu'il y a ? a demandé Perry.

– Une certaine Mme Maslov, j'ai répondu. Une voyante qui vient de débarquer en ville.

Maman a pointé du doigt le journal comme s'il s'agissait d'un tas d'ordures.

– Une pub sur une pleine page ! Une pleine page !

Perry m'a pris le journal des mains.

– 118 Rigsdale ? C'est au bout de la rue. Hé, mais c'est l'adresse de la librairie d'Andrea !

– C'était, ai-je rectifié.

Un emplacement de choix, pile sur le front de mer. Quelques mois auparavant, le prix du loyer avait flambé, et Andrea avait dû prendre sa retraite.

– D'abord Andrea qui perd sa boutique et maintenant cette arnaqueuse qui débarque d'on ne sait où, a dit maman.

– Ne tirons pas de conclusions hâtives, a dit Perry.

– Elle prétend lire l'avenir, j'ai rétorqué, en secouant la tête.

C'était mauvais signe pour notre entreprise. Primo, des révélations sur leur futur emballeraient sûrement plus les gens que ce qu'on avait à leur dire – en gros, des choses qu'ils savaient déjà. Deuxio, il était impossible de prédire l'avenir, cette Mme Maslov était donc une bonimenteuse. Et quand les gens se font rouler par une voyante, ils généralisent et nous mettent tous dans le même sac. Les escrocs, c'est une vraie plaie pour le métier.

– Bien, ne cédons pas à la panique, ai-je dit pour éviter que maman ne pète les plombs.

J'ai fait les gros yeux à Perry en inclinant ma tête vers maman pour qu'il use de sa magie. Il a pigé et a posé une main sur son épaule.

– Voilà ce qu'on va faire. Je vais passer à l'imprimerie tirer des flyers. Je les distribuerai en ville, j'en laisserai dans les boutiques. On ne peut pas se payer une pleine page dans le journal, mais on peut bien offrir aux clients un coupon de réduction de cinq dollars.

– De cinq dollars ? a répété maman.

– De façon temporaire, l'a rassurée Perry. Uniquement pour quinze jours. Histoire de relancer nos affaires à court terme. Cette Mme Maslov ne nous a heureusement pas encore piqué de clients et il faut tout faire pour que ça n'arrive pas.

Maman acquiesçait lentement, le temps que l'idée fasse son chemin. Le téléphone a sonné, Perry s'est rué pour décrocher.

– Lectures de la famille Fern, bonjour. Non, non. Ah ? Vous en êtes sûr ? Bien. Au revoir.

Il s'est tourné vers nous.

– Notre rendez-vous de trois heures est annulé.

– Pourquoi ? j'ai demandé.

– Parce qu'on ne prédit pas l'avenir alors que Mme Maslov, si. Ils ont préféré prendre rendez-vous chez elle.

– J'en ai assez ! Je vais voir Phil, a déclaré maman.

– Que veux-tu qu'il fasse ? a dit Perry.

– Je n'en sais rien !

Elle a attrapé ses clés et passé la porte comme un ouragan.

– Bon, moi, je file commander les flyers, m'a dit Perry. Tu veux bien l'accompagner ? Une crise de nerfs à la mairie, c'est vraiment pas le genre de pub dont on a besoin.

Je me suis précipitée dehors juste à temps pour me glisser dans la voiture.

Phil Tisdell était un ami de longue date de ma mère. Il avait occupé divers petits postes à la mairie avant d'être promu à celui de secrétaire. Il avait le béguin pour elle, et, en la voyant se regarder dans le rétroviseur pour se mettre du rouge à lèvres, j'ai compris qu'elle allait user de cette corde sensible.

– Je ne vois pas pourquoi tu as cru bon de vouloir m'accompagner, Claire. Je n'ai pas besoin de chaperon !

J'étais sur le point de rétorquer que ce n'était pas mon intention, mais je me suis rappelé que maman pouvait lire dans les pensées : elle avait dû piocher ce mot dans mon esprit. J'ai haussé les épaules.

– Maman, j'essaie juste de me rendre utile.

On a gravi le perron jusqu'à la lourde porte en bois. Le bâtiment avait plus de cent ans. De l'extérieur, on aurait dit une ancienne église rénovée, transformée en mairie, tous les services de la ville y étaient réunis. Une grande annexe avait été ajoutée à l'aile est dix ans auparavant pour abriter le poste de police.

Phil était assis derrière un bureau jonché de paperasse, les mains posées sur son crâne chauve.

– Je me noie dans les problèmes de permis canins…, a-t-il soupiré.

– Oh ! je peux repasser plus tard, a dit maman.

En reconnaissant sa voix, il s'est ressaisi.

– Starla Fern ! Je ne savais pas que tu… Euh, si j'avais su que c'était toi, euh… Qu'est-ce que je peux faire pour toi ?

Il a cessé de bredouiller pour lui faire un grand sourire.

Elle a ondulé jusqu'à son bureau, jupe tourbillonnante et chemisier rose cintré pile ce qu'il fallait. Pas étonnant que Phil ait un faible pour elle. Pour ses quarante ans, elle était renversante. Ses boucles rousses, qui commençaient à peine à se mécher de gris, sont tombées en cascade de ses épaules quand elle s'est penchée vers lui.

– J'espérais que tu pourrais m'éclairer sur les licences professionnelles, a-t-elle énoncé d'une voix rauque.

Songeant que maman s'en sortirait certainement mieux sans m'avoir dans les pattes, j'ai fait demi-tour. Et me suis cognée contre quelqu'un.

– Oh ! désolée, me suis-je exclamée, nez à nez avec Gabriel Toscano.

Le fils canon du nouvel inspecteur. Il m'a fallu plusieurs secondes après la collision pour me rendre compte que mes mains étaient encore agrippées à lui. Je les ai retirées vivement.

– Désolée, j'ai répété bêtement.

– Pas de mal ?

De longs cils bordaient ses yeux noirs. Il avait les cheveux ébouriffés et portait les mêmes vêtements que la veille. Un look ultra-naturel qui lui donnait des airs de mannequin.

– Non, ça va. Je suis très maladroite. Qu'est-ce que tu fais là ?

– Je travaille ici.

J'ai rougi.

– Avec ton père ?

– Ouais. En tant qu'explorateur.

– Hein ?

Un mot d'argot que je ne connaissais pas ?

– C'est mon poste. Ça fait partie d'un programme de stages judiciaires. Je fais simplement le coursier, j'apporte du café et je suis mon père à droite à gauche, mais ça fera bien sur mon dossier d'inscription pour la fac. Je compte m'inscrire en justice criminelle. L'été prochain, quand j'aurai dix-huit ans, je passerai officier saisonnier.

– Cool.

Je l'ai imaginé en uniforme. Hum, pas mal.

– Et qu'est-ce que tu fais à la mairie ? Les bureaux de la police sont de l'autre côté.

– Oh ! le maire voulait nous faire part d'une idée débile que son fils a eue.

J'ai réprimé un sourire. Le fils du maire, c'était Justin Spellman, mon ex-petit ami. Avec ce commentaire, Gabriel faisait son entrée dans mes petits papiers.

– Mais je suis content de tomber sur toi, a-t-il dit avec un sourire.

– Ah bon ? Pourquoi ça ?

– Pour te remercier du tuyau que tu as filé à mon père hier au restaurant.

– Ah, sur Tiffany Desposito ? Il l'a interrogée ? Est-ce qu'elle a quelque chose à voir avec le meurtre ?

– Malheureusement, elle ne nous a pas appris grand-chose. Elle s'est bien disputée avec la victime, mais pour une broutille, et elle a un alibi en béton. Elle a travaillé au restaurant toute la soirée. Enfin, rien que la tête qu'elle a faite quand tu lui as renversé ton verre dessus valait le coup ! Et malgré le peu de temps que j'ai passé avec elle, on dirait qu'elle le méritait.

Il est à tomber, et il ne lui a fallu que quelques minutes pour détester Tiffany. Merci, forces cosmiques, d'avoir conduit ce garçon jusqu'ici.

Comme il s'apprêtait à partir, j'ai bredouillé la première phrase qui me venait pour le retenir.

– Pourquoi avoir quitté New York pour notre bled paumé ?

Non mais quelle idiote. J'avais l'air de l'insulter.

– Je… je ne veux pas insinuer que ton père ait été rétrogradé… J'adore Eastport. J'ai grandi ici. C'est magnifique.

Oh ! Claire, la ferme !

Il a souri.

– On peut dire que les nouvelles vont vite, dans le coin, en tout cas.

Oh non ! alors maintenant il pense que j'ai mené une enquête sur lui. Il va croire que je le harcèle !

– Ça ne fait pas longtemps qu'on est arrivés, mais…

Il s'est penché, et j'ai humé son odeur – un mélange de savon, de shampooing et d'effluve viril. Enivrant.

– … ça me plaît déjà. Énormément.

J'ai commencé à me demander quel effet ça faisait de l'embrasser et me suis forcée à penser à autre chose. Je sentais que je rougissais encore, et ça avait l'air de l'amuser.

– Bon, à plus tard.

Il allait partir mais s'est arrêté.

– Au fait, comment tu t'appelles ?

– Claire.

– Claire, il a répété. J'aime bien.

J'avais la bouche sèche, le cœur battant. J'en étais la première surprise. Après avoir rompu avec mon seul et unique petit ami, je m'étais résignée à l'idée de rester célibataire jusqu'à ce que je quitte cette ville. Et voilà qu'une créature au regard de braise me draguait. J'étais en territoire inconnu.

Il m'a fait un petit signe de la main en descendant l'escalier et j'ai aperçu un bout de tatouage dépasser de sous sa manche. J'ai essayé de deviner ce que c'était. Du fil barbelé entourant son biceps ? Une rose style gothique ?

Quelqu'un s'est raclé la gorge bruyamment, mettant fin à ma rêverie. J'ai fait volte-face ; maman était plantée là, tout sourires, comme une gamine qui cache quelque chose.

– Alors, tu as de quoi t'en prendre à Mme Maslov ?

– Non, malheureusement. Tout est en règle. L'adresse a toujours un bail commercial. Phil ne peut rien faire.

– Alors pourquoi tu souris comme ça ?

J'ai compris au moment où je posais la question.

– Depuis combien de temps tu es là ?

Pourvu qu'elle n'ait pas entendu mes pensées impures sur Gabriel.

Elle a ri dans sa barbe.

– Maman, arrête d'écouter aux portes, maintenant ! C'est impoli.

Elle m'a tapoté le bras.

– Promis, ma chérie. Mais seulement si tu m'en dis plus sur le tatouage quand tu l'auras découvert.

La « petite course » que devait faire maman sur le chemin du retour a en fait nécessité quatre arrêts pour dénicher un shampooing dont un blog de hippies disait le plus grand bien. 100 % naturel, non testé sur les animaux, mis en bouteilles dans un pays respectable, contenant des extraits d'une certaine feuille poussant sur une certaine montagne. Retenue en otage dans la voiture, je faisais passer le temps en échafaudant un plan : tout d'abord vider le flacon, puis y verser un shampooing de supermarché et attendre de voir si elle remarquait la différence. Bien sûr, à peine assise dans la voiture avec l'objet convoité, elle m'a dit que je perdais mon temps avec mes jeux puérils.

C'est vraiment pas drôle d'avoir une mère télépathe.

On est rentrées à la maison en fin d'après-midi. Sur la balancelle de la loggia, Perry draguait une fille en short court, haut de maillot de bain et rollers. Il lui racontait une histoire à grand renfort de gestes, et la fille était pliée de rire. Tandis qu'on approchait, il était arrivé au point crucial de son récit.

– Oh ! pauvre bébé, a susurré la fille en effleurant sa cicatrice au sourcil.

Je me demandais à quelle sauce il avait accommodé son histoire cette fois. Avait-il sauvé un yorkshire des griffes d'un coyote ? Une vieille dame d'une agression ? La vérité, c'est qu'il s'était battu avec notre escalier. Et l'escalier avait gagné.

– Vous en avez mis du temps, vous étiez où ? nous a demandé Perry tandis qu'on montait les marches.

– Aux quatre coins de la planète, en quête de shampooing, ai-je répondu. Tu ne nous présentes pas ton amie ?

– Je m'appelle Jinnie ! a dit la fille d'une voix pétillante, tout seins en avant.

Elle avait dans les seize ans et ne semblait pas avoir inventé l'eau tiède.

– Je suis en vacances avec ma famille. Je passais en rollers devant votre maison, et je suis tombée à cause d'un trou dans le trottoir. Alors Perry a soigné mon bobo !

Elle avait une infime entaille au genou.

– Je reconnais bien là mon frère. Le sauveur de ce monde, une fille après l'autre.

Au lieu de rétorquer, il s'est contenté de sourire.

– Il y a un client dans la salle de lecture.

– Pourquoi tu ne l'as pas dit plus tôt ? a dit maman.

– Il ne veut voir que Claire, a-t-il précisé avec un sourire énigmatique.

– Bien, a dit maman. Alors dans ce cas, je file prendre une douche et essayer mon nouveau shampooing.

Il n'était pas inhabituel qu'un seul d'entre nous soit demandé. Parfois, un client revenait avec une question bien précise en tête et n'avait besoin que de moi, ou de Perry. J'ai frappé à la porte et suis entrée en souriant, prête à saluer mon client. Mais mon sourire n'a pas tardé à se transformer en grimace, et les mots m'ont échappé.

– Salut, Ducon.

V

Jamais je n'aurais cru tomber amoureuse à seize ans. Je m'étais même dit que je n'embrasserais personne avant de partir pour l'université, où je n'aurais aucun passif, où personne ne me connaîtrait. Je n'ai jamais pris au sérieux les béguins que j'avais pour les mecs mignons du lycée, parce que je savais que j'étais intouchable. Non que je sois laide : à en croire les regards que me décochaient certains garçons, je ne devais pas être moche. Mais aucun d'entre eux n'avait le cran de se dresser contre la pensée majoritaire et de sortir avec une cinglée.

À part Justin. Lui me voyait de ses propres yeux et non à travers le jugement des autres. Il se fichait de mon statut un peu à part ; c'est même ce qui l'avait attiré chez moi.

L'été dernier, il était passé pour une lecture à l'improviste, mais, en réalité, il s'intéressait plus à ma petite personne qu'à mes dons de voyance. On a commencé à se voir et, à la fin de l'été, j'étais sous le charme. Avec lui, les endroits que je connaissais par cœur – la plage, le

Miam-Miam, le ciné – devenaient bien plus palpitants. Je ne m'étais jamais autant amusée de ma vie. La perspective de la rentrée m'inquiétait, mais il m'a bluffée : il est resté avec moi et a pris ma défense, au risque de perdre l'estime de tous.

Étonnamment, l'inverse s'est produit. Les mecs l'ont respecté ; peut-être parce qu'il avait eu le courage de faire ce qu'eux n'avaient pas osé entreprendre. Et les filles m'ont un peu lâché les baskets. N'allez pas non plus vous imaginer qu'on m'invitait aux soirées. Seulement, je ne subissais plus de tortures au quotidien.

Et puis tout a basculé.

Justin se trouvait donc là, adossé au mur, bras croisés. Grand, musclé. En général, il était du genre décontracté, lunettes de soleil relevées sur ses cheveux blonds en bataille. Mais ce jour-là, sa coupe était impec et il avait troqué bermuda et tee-shirt ample contre un pantalon en toile et une chemise à rayures. Son père, le maire d'Eastport, était candidat à sa propre réélection. Depuis le début de la campagne, le mois précédent, Justin s'affichait partout avec son père. J'avais entendu dire qu'il travaillait pour lui tout l'été à la mairie – d'où sa tenue. Ce qui craignait pour moi, c'est que ce nouveau style lui allait bien. Mieux, même. Pas de bol.

– Il paraît qu'il y a eu du grabuge au *Miam-Miam*. Entre Tiffany et toi...

Son air trop sûr de lui m'agaçait au plus haut point. J'ai claqué la porte derrière moi.

– Je lui ai renversé un verre sur la tête. C'est tout.

– Dommage. Moi qui m'imaginais des tee-shirts déchirés, un soupçon de peau dévoilée…

J'ai levé les yeux au ciel.

– Sache que ça n'avait rien à voir avec toi, monsieur Mégalo. Tu peux bien te taper toutes les filles de la ville, ça m'est égal. Je te déteste. Je prie tous les soirs pour que tu sois victime d'un étrange accident castrateur. Fiche-moi le camp d'ici.

Il a réprimé un sourire, l'air de penser : « Elle est pas mignonne quand elle se met en colère ? » Moi qui avais voulu me la jouer « ex en furie »…

– Ça y est, tu t'es défoulée, tu te sens mieux ? a-t-il demandé en tirant une chaise. Mon père a payé pour une heure, alors asseyons-nous, tu veux ?

J'ai soupiré en m'affalant sur la chaise.

– O.K. C'est pour quoi ?

Il s'est assis face à moi, mains jointes posées sur la table.

– Tu as entendu parler du meurtre au *Jardin du Roi* ?

– Oui, comme tout le monde. C'est énorme. Ma mère a peur que ça ne fasse fuir les touristes.

– Toute la ville en a peur. Surtout mon père. Il veut que cette affaire soit résolue le plus vite possible…

Il a laissé sa phrase en suspens, comme si j'étais censée comprendre où il voulait en venir.

– Et ?

– Alors je suis venu te demander de l'aide.

Un rire sonore m'a échappé. Après ce qu'il m'avait fait, le voilà qui avait besoin de moi. Il pouvait aller se faire voir.

– Avant de m'envoyer promener, écoute ce que j'ai à te dire.

Je devais l'admettre : il me connaissait bien.

– Pour l'instant, les policiers n'ont divulgué aucun détail à la presse, ils cherchent d'abord à joindre les parents. Mais voilà ce qu'ils ont dit à mon père.

La mention des parents de la victime m'a rappelé qu'elle était toute jeune. J'ai senti un poids se loger dans ma poitrine.

Justin a pris une grande inspiration.

– Elle avait dix-huit ans et s'appelait Victoria Happel. Elle était venue de Boston pour quelques jours de vacances. Elle a pris une chambre seule. Ils essaient de découvrir si elle devait rejoindre quelqu'un.

Il a marqué une pause pour ménager son effet.

– On lui a tiré une balle dans la tête, dans sa chambre.

Une boule s'est formée dans ma gorge. Elle n'avait que deux ans de plus que moi. C'était sûrement ses premières vacances sans ses parents. Elle était peut-être venue avec des copines, pour nager, prendre le soleil, s'éclater avant la rentrée universitaire, sans se douter qu'elle ne verrait jamais l'automne. Que s'était-il passé ?

Justin continuait à parler ; j'ai secoué la tête pour me concentrer.

– Les clients de l'hôtel ont entendu une sorte de détonation vers minuit, mais ça n'a inquiété personne. Vu que c'est un week-end d'affluence, il y avait beaucoup de musique, des feux d'artifice, des mecs bourrés qui claquent des portes… Le lendemain matin, la femme de chambre a frappé à la porte. Comme personne ne répondait, elle a pensé que c'était le bon moment pour faire la chambre et elle a trouvé Victoria. Morte.

Cette histoire me faisait mal au cœur.

– La police a commencé l'enquête ?

– Bien sûr, mais ils n'ont pas grand-chose à se mettre sous la dent.

Je me suis adossée à ma chaise. C'était bizarre d'avoir une conversation sérieuse avec Justin. Je ne lui avais pas parlé autant depuis le printemps, depuis cette vision qui avait mis un terme à notre histoire.

Un soir d'avril, Justin était venu me chercher pour m'emmener dîner. Il avait dit qu'il me réservait une surprise. Je l'ai trouvé très beau quand il a passé la porte. J'ai saisi les revers du col de son blouson en cuir pour l'attirer vers moi. Mais avant que nos lèvres se touchent, une image m'a coupée dans mon élan.

Une vision de Tiffany, en train de saisir le même blouson pour le lui enlever. Manifestement saoul comme une vache, Justin tanguait sur place en souriant bêtement. Tiffany le tirait à elle dans un baiser plein de fougue et de salive. Elle le poussait sur un canapé. Puis le chevauchait.

J'ai crié.

Je l'ai giflé. Lui ne comprenait rien. Je l'ai repoussé de toutes mes forces.

– Comment tu as pu ?

J'avais envie de le mettre en pièces et il se serait laissé faire si Perry n'était venu s'interposer. Il m'a fallu un moment pour avoir la force de lui poser des questions.

Justin a été honnête. Il avait croisé Tiffany la veille, à une fête à laquelle j'avais refusé d'aller. Même si je sortais avec un garçon aussi apprécié que lui, jamais je ne ferai partie des gens populaires et ne me sentirai à l'aise avec eux. Alors j'étais restée chez moi. Justin avait fini la soirée ivre mort avec Tiffany. Et ils étaient allés jusqu'au bout.

J'ai voulu savoir s'il avait couché avec elle parce que moi je ne me sentais pas encore prête. Il m'a assuré que ce n'était pas le cas, que m'attendre ne lui posait aucun problème.

Il a dit ne pas savoir ce qui l'avait pris, qu'il était tellement saoul qu'il ne se souvenait de rien. C'était la première fois qu'il buvait et il ne connaissait pas ses limites. Le lendemain matin, il s'était réveillé sur un canapé, chez Tiffany, au sous-sol, et elle lui avait raconté les détails de leur soirée. Il m'a aussi juré qu'il ne m'avait jamais trompée avant et que ça n'arriverait plus jamais, qu'il regrettait, bla-bla-bla. Mais c'était bel et bien arrivé et à mes yeux c'était impardonnable.

Après notre rupture, Justin n'a pas cessé de me courir après à l'école, pour s'excuser, me faire des avances, me reconquérir. Au bout d'un mois, il a commencé à piger que c'était peine perdue, mais je recevais encore un coup de téléphone ou un mail de temps en temps. En le voyant dans la salle de lecture, j'avais cru qu'il s'agissait d'une tentative de la dernière chance.

Mais non, il semblait enfin avoir accepté la réalité. Il ne s'agissait même pas d'une visite amicale. Dans l'ensemble, j'étais soulagée, mais une infime et absurde partie de moi était... déçue. Malgré tout le venin que j'avais pu déverser sur lui et les piques que je lui lançais dans le seul but de le faire souffrir autant que j'en avais bavé... je ne voulais pas que Justin sorte de ma vie. Je voulais le voir culpabiliser et ramper, parce que c'était la preuve que notre amour avait existé, qu'on s'était aimés. J'aurais voulu que dans ma tête tout soit aussi clair qu'il le paraissait. Mais c'était loin d'être le cas.

– Alors, tu veux bien nous aider ?

Sa question m'a ramenée au présent.

– Je ne vois pas en quoi je pourrais vous être utile.

Il m'a pris la main. J'ai voulu la retirer mais n'en ai rien fait.

– Et ton don ?

– Vous voulez vous servir de mes capacités extralucides pour attraper un assassin ?

Il a balayé la pièce du regard.

– Divertir les gens grâce à ton talent, c'est bien, mais ça va un moment, non ? Claire, tu ne t'es jamais demandé si tu n'étais pas faite pour autre chose ?

J'ai retiré ma main d'un coup.

– Tu veux te servir de moi pour permettre à ton père d'être réélu ? Mais tu rêves.

Il a blêmi.

– Parce que tu crois que c'est ma priorité ? Attraper le meurtrier en vitesse pour sauver la réputation de mon père ? Ça n'a rien à voir avec lui. Je fais ça pour notre ville, et pour ses habitants.

J'ai regretté mes paroles. Lui et son père adoraient cette ville. Jamais je ne l'admettrais tout haut, mais

Justin était quelqu'un de bien. Il avait simplement commis une erreur impardonnable.

– La police fait tout ce qu'elle peut. Mais avec ton aide, je crois qu'on avancerait plus vite.

Il m'a doucement relevé le menton pour que je le regarde dans les yeux.

– Claire, tu pourrais sauver des vies.

Je me suis dégagée. Cette affaire m'intéressait. Et puis, il en allait de mon devoir. Si mon don pouvait permettre de retrouver l'assassin de Victoria, il fallait que je tente le coup.

– Très bien. Que veux-tu que je fasse ?

Il a eu l'air soulagé.

– De toute évidence, tu ne peux pas collaborer avec la police de façon officielle. Le nouvel inspecteur ne croit pas aux dons de voyance et a refusé en bloc de travailler avec toi, même en coulisse. Mais mon père a insisté. Alors ils sont parvenus à un compromis. Tu vas faire équipe avec un saisonnier à mi-temps.

– Qui ça ?

– Le fils de l'inspecteur. Il s'appelle Gabriel Toscano.

Mon moral a fait un bond.

– Je commence quand ?

– Présente-toi au bureau de mon père demain matin à neuf heures.

Il a ouvert la porte et s'est arrêté.

– Juste une dernière chose. Méfie-toi. Il paraît que Toscano Junior est du genre gros dur.

J'ai souri.

– Je suis une grande fille.

VI

Perry se prélassait sur le canapé, un livre ouvert sur le torse. J'ai attrapé le bouquin et lui ai donné un coup sur la tête.

– Aïe !

– Estime-toi heureux que ce soit un livre de poche ! Pourquoi tu ne m'as pas prévenue que le client en question était Justin ?

– Peut-être parce que tu étais trop occupée à te moquer de ma nouvelle amie ?

Maman est entrée en froissant ses boucles du bout des doigts.

– Justin m'a parlé avant de partir. Ton travail pour la police va nous empêcher de recevoir certains clients et son père propose de nous indemniser.

Elle a hésité.

– Tu es sûre de vouloir le faire ?

– Oui, j'ai répondu, tête haute et épaules carrées. Il faut que je le fasse. Et pour être tout à fait franche, je suis contente d'utiliser mes capacités pour une cause plus noble que le divertissement des gogos en vacances. Sans vouloir vous offenser.

– Si tu en as vraiment envie, ça ne me pose pas de problème. Justin m'a assuré qu'on s'occuperait de toi et qu'on ne te ferait courir aucun risque. Il est tellement gentil, ce garçon.

– Gentil ? Maman, il m'a trompée !

Maman m'a bloqué le passage et nous a pris par la main.

– Venez, fruits de mes entrailles, on va faire une petite balade.

– Où ça ? a gémi Perry.

– Sur le front de mer. On va acheter un truc pour le dîner.

– Tu ne peux pas t'empêcher d'aller voir à quoi elle ressemble, hein ? Tu veux aller espionner Mme Maslov ?

Elle a levé les mains au ciel.

– Très bien. Je plaide coupable. Bon, vous venez, oui ou non ?

Perry et moi avons échangé un regard.

En arrivant sur le front de mer, les sens sont assaillis par cette odeur caractéristique d'embruns, d'écran solaire, de barbe à papa et de pizza – celle de chez Monty.

La promenade s'étend le long de trois pâtés de maisons et compte une galerie marchande, deux bars, ainsi qu'une poignée de boutiques et de restaurants. La seule distraction est le vieux manège, devant lequel il y a toujours une longue file d'attente.

Tandis que le soleil sombrait dans l'océan, l'activité battait son plein. Les touristes allaient et venaient, il y avait aussi quelques personnes en rollers ou à vélo, et des artistes de rue. D'habitude, il n'y avait pas autant de monde le lundi soir, mais c'était la semaine du 4 Juillet ; beaucoup faisaient le pont, pour le plus grand bonheur des commerçants.

Parmi lesquels Mme Maslov.

Dans la vitrine de sa boutique, un néon rose fuchsia annonçait : « Voyance ». Les gens faisaient la queue jusque sur les planches. J'ai jeté un œil à travers la vitre mais n'ai vu qu'un rideau rouge.

Perry s'est assis sur un banc, occupé à se goinfrer de barbe à papa bleue en matant les filles. Maman faisait les cent pas devant la boutique. Deux films d'horreur m'attendaient à la maison, mais je sentais que ma soirée me filait entre les doigts.

– Bon, on est venus, on a vu, qu'est-ce que tu veux de plus ? j'ai demandé à maman. Face à un tel emplacement, on ne peut pas lutter. Notre flyer est en cours d'impression. C'est tout ce qu'on peut faire pour l'instant. Je propose qu'on rentre à la maison.

Maman, immobile, se tortillait les doigts. J'espérais lui faire entendre raison. D'un coup, la porte s'est ouverte, pour laisser sortir quelqu'un qu'on connaissait : Stephen Clayworth, fils unique des immensément riches Cecile et Dallas Clayworth.

Alors que les garçons de son âge portaient tee-shirts et tongs, lui misait plus sur les marques que sur le confort. Tiré à quatre épingles, il se baladait en chemise Ralph Lauren et sandales en cuir. Stephen n'était pas mon plus fervent admirateur et il était difficile de lui en vouloir. Il avait empoché son diplôme de fin d'année, mais de justesse – j'avais failli le faire échouer.

Perry et lui s'étaient disputés à cause d'une fille mais Perry m'avait instamment demandé de ne pas m'en mêler. Malgré mon serment d'utiliser mes capacités à bon escient, il se peut que j'aie informé un professeur que Stephen avait triché à un examen… Mais il le méritait bien : il avait cherché des noises à mon frère. C'est un stylo qu'il avait laissé tomber qui m'avait fourni la vision, et il avait fallu une bonne grosse donation de Dallas Clayworth pour préserver la place de son fils dans l'université de l'Ivy League qui devait l'accueillir à l'automne.

Les Clayworth possédaient la moitié d'Eastport, et leur lignée remontait jusqu'aux pionniers. Dallas Clayworth, le roi de la ville, était candidat à l'élection municipale contre Harry Spellman. Son propre père avait été maire plus jeune, fonction qui lui avait permis par la suite d'accéder au Congrès. Ce qui devait être le plan de carrière de Mr Clayworth. Tout comme celui de Stephen. Sympa, d'avoir sa vie tracée devant soi.

Malgré les bons services du père de Justin en tant que maire, certains habitants de la ville pensaient qu'il ne méritait pas son poste. Il n'était pas né à Eastport, ne venait pas d'une famille riche ou célèbre ni n'était diplômé de la faculté de droit. Avant de devenir maire, il était instituteur. Mais c'était un type bien ; il adorait cette ville et avait toujours été gentil avec moi quand je sortais avec Justin.

C'était drôle. Si on était restés ensemble, j'aurais sûrement participé à la campagne, collé des affiches, distribué des autocollants. Au lieu de quoi, j'espionnais la nouvelle voyante de la ville, dont le dernier client s'apprêtait à m'aborder.

– Alors, on espionne la concurrence ? a ricané Stephen.

J'ai croisé les bras et tourné la tête, mais il s'est approché de moi sans cesser de jacasser.

– Tu sais, Mme Maslov peut prédire l'avenir. Ce dont tu es incapable, si je ne m'abuse.

– Personne ne peut prédire l'avenir, a dit maman en s'approchant. Notre libre arbitre fait que le futur est en constant changement : tout dépend des décisions que nous prenons à chaque instant. Voyons, Stephen, tu devrais savoir ça.

Il l'a regardée en plissant les yeux avant de se retourner vers moi.

– Mme Maslov m'a dit quelque chose sur mon avenir. Ça t'intéresse ?

– Et comment.

– Apparemment, une petite rousse va m'attirer des ennuis. Je lui ai dit que c'était déjà fait, mais elle a répondu que tu n'en avais pas fini avec moi. Qu'est-ce que tu penses de ça ?

J'ai haussé les épaules en enfonçant les mains dans mes poches.

– J'en pense que c'est de l'arnaque.

– Tu sais ce que c'est, pour moi, la vraie arnaque ? a-t-il dit en haussant le ton. L'arnaque, c'est que le maire Harry Spellman laisse cette ville partir à vau-l'eau.

Oh ! non, pitié, pas ça. Le baratin de campagne. Perry a levé les yeux au ciel, j'ai poussé un soupire sonore. Et dire que j'aurais pu être tranquille à la maison avec mes zombies en haute définition.

Il s'est penché pour ramasser un papier de bonbon.

– Ces détritus sur la promenade, par exemple… Mais le plus choquant reste l'assassinat d'une touriste ! Jamais les touristes ne s'étaient fait assassiner dans cette ville !

Il a enfoncé un doigt dans mon épaule.

– Que compte faire ton cher maire pour remédier à cette honte ?

Il avait fait le geste de trop. Perry nous a rejoints et a bousculé Stephen.

– Hé, je t'interdis de me pousser !

– Et toi, je t'interdis de toucher ma sœur.

Juste avant qu'ils ne commencent à se battre, une main aux ongles impeccables s'est posée sur le bras de Stephen. Il a regardé par-dessus son épaule et s'est instantanément calmé. C'est l'effet que Cecile Clayworth avait sur les gens.

Ses cheveux noirs et soyeux tombaient sur son épaule, d'où pendait un sac qui valait plus que la voiture de mon frère. Mais la mère de Stephen n'était pas née avec une cuillère en argent dans la bouche. Selon la rumeur, elle avait eu une enfance difficile, ballottée de foyers en familles d'accueil. Malgré tout, elle avait de grands rêves, de l'ambition – et le physique qui allait avec. Mettre le grappin sur un homme tel que Dallas Clayworth avait changé sa vie et elle s'était fondue dans le moule du snobisme avec facilité.

– Veuillez excuser le comportement de mon fils, a-t-elle dit d'une voix douce.

S'il y avait une chose que Cecile Clayworth détestait, c'était les scandales, et elle les évitait à tout prix. Dès que Stephen avait des ennuis, elle réglait la situation en faisant comme si rien ne s'était passé.

Elle a enlevé ses lunettes noires de star pour toiser le petit attroupement qui s'était formé autour de son fils, l'air de dire « Dégagez ». Et les gens sont partis.

– Veuillez excuser mon fils, a-t-elle répété. Ces histoires d'élection, je crois que ça nous chamboule tous un peu.

Après un sourire plein de tact, elle a disparu, aussi vite qu'elle était apparue. Ce qui aurait pu être un combat avec vainqueur par K.-O. (je misais tout sur Perry) était fini avant d'avoir commencé. La maman était venue tirer son vilain petit garnement par le bras et tout était rentré dans l'ordre.

– Allez, on rentre, a dit Perry en nous prenant par les épaules.

– Allez-y, si vous voulez.

Je n'étais plus d'humeur à regarder un film.

– Je vais aller faire un tour sur la plage pour me vider la tête. Je retrouve Justin et Gabriel à la première heure demain matin pour commencer l'enquête sur le meurtrier de Victoria Happel.

Le visage de Perry s'est décomposé.

– Quoi ? Tu sais bien que Justin m'a demandé de collaborer avec la police sur cette affaire.

Il s'est contenté d'acquiescer.

C'était quoi, son problème ? Ah ! Il devait s'en faire pour moi.

Je me suis hissée sur la pointe des pieds pour lui tapoter la tête.

– T'en fais pas, Perry, je ne cours aucun danger.

Sur quoi j'ai tourné les talons, guidée par le bruit du ressac.

J'ai toujours adoré l'océan ; l'odeur d'iode, le sable sous mes pieds, le vent dans mes cheveux. Justin et moi, on avait passé de longues heures sur la plage, même en hiver, heureux de ce vent qui nous fouettait le visage. C'est sur la jetée qu'il m'avait donné mon tout premier baiser, et j'avais compris que j'étais amoureuse de lui un jour où on était sur le front de mer, main dans la main.

On aurait pu rester ensemble. C'est ce qu'il voulait. Il m'avait juré qu'il ne me tromperait plus jamais. Mais ma fierté m'en empêchait. J'ai donc rompu, et retrouvé par la même occasion mon statut d'intouchable.

Après ça, j'avais évité la plage pendant un mois, et, à présent, j'y retournais avec plaisir. La première fois, j'avais versé quelques larmes, mais depuis je m'étais réapproprié l'endroit ; j'étais capable de laisser mes souvenirs de côté pour me concentrer sur la beauté de l'océan.

Je me suis assise sur le sable, yeux fermés. Absorbée par le va-et-vient de la marée, je n'ai pas entendu les pas qui se rapprochaient derrière moi. Et je n'ai senti aucune présence jusqu'à ce qu'on pose deux mains sur mes épaules.

VII

Je me suis redressée d'un bond.

Perry a reculé, mains en l'air.

– Je croyais que tu m'avais entendu.

J'ai posé une main sur mon cœur.

– Tu m'as fait une de ces peurs !

– Désolé.

Il s'est assis face à moi. J'ai remarqué son regard triste, son air indolent, comme s'il venait de subir un choc.

– Qu'est-ce que tu fais là ? Je croyais que tu rentrais à la maison.

Il s'est tourné vers la mer. Sous la lumière du premier quartier de lune, les vagues scintillaient d'un éclat métallique.

– C'est calme ce soir, hein ?

Belle esquive. J'ai attendu qu'il réponde à ma question, sans succès.

– Perry, je te trouve bizarre. Qu'est-ce qu'il y a ?

Il s'est de nouveau tourné vers moi.

– J'étais avec une certaine Vicki samedi soir.

– Quoi ? C'est qui, Vicki ?

– J'ai passé la soirée avec une fille. Elle avait dix-huit ans. Je ne connais pas son nom de famille, mais son prénom, c'était Vicki. Un diminutif de Victoria, j'imagine.

– Une touriste ?

– Ouais. Elle m'a emmené dans sa chambre. Dans un motel.

– Non. Ne me dis pas que…

Je me suis caché le visage. S'il ne disait rien, alors ce ne serait pas réel. Rien de tout ça ne serait vraiment en train d'arriver.

– Au *Jardin du Roi*.

Mon estomac s'est noué. J'espérais qu'il s'agissait d'une blague, ou d'une coïncidence. Mais son visage s'est fermé.

– Je l'ai rencontrée au *Miam-Miam*. Elle était complètement déprimée. Sa meilleure amie l'avait trahie et ce pour quoi elle était venue à Cape Cod était en train de foirer. J'ai essayé de lui remonter le moral, on a discuté et après, enfin, tu vois.

– Perry, ai-je dit en secouant la tête.

Il a plié les jambes et posé son menton sur ses genoux. Ce geste a suffi à transformer mon grand frère plein d'assurance en petit garçon angoissé.

– Combien y a-t-il de chances pour qu'une autre Vicki ait occupé une chambre au *Jardin du Roi* hier soir ? Toute seule ? a-t-il demandé d'une petite voix.

– Quasi aucune.

Je me suis mordu la lèvre. Je répugnais à lui poser cette question, mais il le fallait.

– Tu sais qui l'a tuée ?

Il a secoué la tête, les yeux perdus dans le vague.

– Elle était bien vivante quand je suis parti. Elle voulait que je passe la nuit avec elle, mais j'ai préféré rentrer avant que maman ne se rende compte de l'heure.

Sa voix s'est brisée.

– Et maintenant, elle est morte.

Je savais que Perry était un coureur de jupons, mais en général on évitait de parler de ses escapades. Bien que je ne sois nullement intéressée par les détails de sa riche vie amoureuse, la situation exigeait des réponses.

– Tu as couché avec elle ?

– Ouais, il a marmonné en évitant mon regard.

Une foule d'émotions m'a submergée. Je lui en voulais d'être si insouciant. Je m'inquiétais des conséquences pour lui. Je flippais que maman apprenne la vérité et nous fasse une dépression. Mais surtout, quel besoin avait-il de se taper autant de nanas !

– Tu ne la connaissais même pas ! me suis-je exclamée.

– C'est elle qui a voulu !

Il s'est levé d'un bond, provoquant une mini-tempête de sable.

– Qu'est-ce que tu voulais que je dise ? Non ? Claire, je suis un mec, j'ai dix-huit ans. Quand une occasion pareille se présente, je saute dessus.

– Oh ! la ferme, Perry, ça me dégoûte rien que d'y penser.

J'ai enfoui mon visage dans mes mains. Il s'est rassis, et on a mijoté dans notre jus en silence. Peu à peu, ma colère s'est apaisée. Il avait raison. Quel célibataire aurait refusé les avances d'une jeune fille éplorée ? La situation craignait un max, mais ç'aurait pu être pire. Il aurait pu rester et se faire tuer, lui aussi. Je refusais d'y penser une seconde de plus. Je me suis concentrée sur notre problème. Il fallait que je protège mon frère.

– Est-ce qu'on t'a vu partir du restaurant avec elle ?

– J'en sais rien. L'endroit était bondé. Un samedi soir, la semaine du 4 Juillet, tout le monde était là.

– C'est qui, tout le monde ?

Il a levé les yeux au ciel, comme si les étoiles allaient lui fournir la réponse.

– Je ne me souviens pas.

– Perry, ça craint. Ne le dis à personne pour l'instant.

– Il faut que tu en parles à la police, Claire. Tu travailles pour eux maintenant.

– Rien ne m'y oblige, ai-je répondu avec calme.

Toutes ces émotions contradictoires s'étaient tues. J'y voyais clair.

– Mais j'étais avec elle le soir où elle a été tuée. Ça fait de moi le suspect numéro un. Si tu caches cette information, tu seras accusée de complicité ou je ne sais quoi.

– Qu'ils aillent se faire voir, tous. La famille d'abord. Alors pour le moment, motus et bouche cousue.

On a repris le chemin de la maison. Perry marchait derrière moi, petit chien aux oreilles basses. À chaque pas, mes pensées bouillonnaient. Il avait agi de façon stupide, certes, mais je n'allais pas pour autant le livrer en sacrifice à la police. Sans compter que se concentrer sur lui plutôt que sur le vrai tueur serait une perte de temps.

Perry n'avait rien à voir avec tout ça. C'était évident. J'ai observé son ombre furtive dans l'obscurité.

Non, c'était impossible.

Le téléphone a sonné le lendemain matin à une heure indue. J'ai décroché, la voix ensommeillée. C'était Mr Spellman.

Je me suis redressée d'un coup. Est-ce que j'avais raté le rendez-vous ? L'angoisse m'avait empêchée de dormir la moitié de la nuit... J'ai regardé mon réveil. Non, il était huit heures.

– Je voulais te remercier de venir à la mairie aujourd'hui retrouver Justin et Gabriel Toscano. Je voulais aussi m'excuser car je n'assisterai pas à la réunion.

– Pas de problème. Vous devez être très occupé.

– Il ne s'agit pas de ça, Claire. Je ne serai pas impliqué dans ta mission. Justin agira en mon nom et le fils de l'inspecteur Toscano au nom de son père. Il faudra que vous travailliez tous les trois de concert sur cette enquête.

Quand Justin et moi étions ensemble, ses parents n'avaient jamais fait cas de mes... idiosyncrasies. En fait, ils pensaient même que c'était la vérité. Je me suis demandé si ça avait changé.

– Vous ne croyez plus en mes capacités ?

– Si, bien sûr que si.

Un soupir lui a échappé.

– Je vais être franc avec toi, Claire. C'est le premier meurtre que connaît notre ville depuis des années. Les habitants sont hystériques. Ce qu'ils veulent, c'est que la police mène l'enquête, et pas des adolescents, dont notre jeune extralucide locale. Tu sais que je respecte ta famille, que je l'admire, mais si je tiens à être réélu, il faut que je me tienne à l'écart de… de toute situation douteuse.

J'ai soupiré à mon tour. C'était logique.

– Je comprends.

– Il en va de même pour l'inspecteur Toscano. Il est de toute façon occupé à mener l'enquête officielle et ne croit pas trop à la voyance. En fait, s'il autorise son fils à travailler avec toi, c'est juste pour me faire une faveur.

– D'accord.

– Excuse-moi encore. Mais tout se passera bien avec Justin et Gabriel. Et je suis convaincu que tu vas nous être d'une aide précieuse, Claire. Je tiens à t'en remercier.

Je suis arrivée au bureau du maire à l'heure. Comme prévu, Mr Spellman était absent. Seuls Justin et Gabriel étaient là, debout devant le bureau, où trônait un sac en plastique qui a immédiatement attiré mon attention. Puis mes yeux se sont posés sur les garçons. Les voir tous les deux réunis, ça m'a fait un choc, plus puissant que la caféine de mon Coca light du matin. Deux mecs canons. Malheureusement, l'un des deux était un crétin fini.

– Justin. Gabriel. Bonjour.

– Claire ? Qu'est-ce que tu fais là ? a demandé Gabriel, l'air paumé.

– Vous vous connaissez ? s'est écrié Justin, l'air paumé aussi.

– Attendez, deux secondes, a dit Gabriel, une main sur le front. Claire Fern. Claire ? Claire et Claire Fern sont une seule et même personne ?

Mon sourire commençait à vaciller.

– Oui, en effet. Pourquoi ?

– Alors c'est toi, la cinglée ?

Sa question m'a fait l'effet d'un coup de poing dans la poitrine. J'avais le souffle coupé. Il n'avait pas encore mis un pied à l'école que les autres l'avaient déjà influencé.

Ça m'a démoralisée. Tout avait si bien démarré entre nous. C'était le premier garçon sur qui je flashais depuis Justin. J'avais senti que c'était réciproque, m'étais mise à espérer, et voilà que tout tombait à l'eau.

Il ne valait pas mieux que les autres.

Mon cerveau tournait à vide, en quête d'une repartie, d'une insulte à lui balancer. Mais bizarrement, mon instinct de conservation, que j'avais tant aiguisé à l'école, me faisait soudain défaut.

Justin a posé une main sur l'épaule de Gabriel.

– Hé ! le nouveau, surveille ton langage, tu veux ?

– Je vous attends dehors, a dit Gabriel avant de sortir comme une flèche.

Je l'ai entendu marmonner le mot « ridicule » avant de claquer la porte.

– Tu peux m'expliquer ? j'ai demandé à Justin.

– Je t'avais bien dit que c'était le genre gros dur.

– Peut-être, mais de là à m'insulter !

Justin s'est assis au bureau.

– Apparemment, il a un lourd passif avec les voyants.

– Super.

Donc ça n'avait rien à voir avec les autres jeunes d'Eastport ni avec ma réputation. C'était une affaire personnelle – ce qui était peut-être pire. L'« idée stupide » que Gabriel avait évoquée la veille, c'était donc moi.

– Il a accepté de travailler avec toi seulement parce que mon père lui a forcé la main.

– Comme si je ne te détestais pas assez comme ça.

– Oh ! Claire, je t'en prie. Ne t'imagine pas que tu me fais une faveur, mais plutôt que tu agis pour le bien.

Il avait raison. Et j'avais d'autant plus intérêt à résoudre cette affaire que mon frère était impliqué.

– Très bien.

– Super, alors au boulot.

Justin a ouvert le sac et en a sorti un portefeuille, un tube de rouge à lèvres et un téléphone portable.

– Tous ces objets appartenaient à la victime. Tu veux essayer ?

J'ai haussé les épaules en prenant le tube de rouge. J'ai fermé les yeux. Rien.

Au tour du portefeuille. Toujours rien. J'étais contente que Gabriel soit sorti. C'était à se demander pourquoi on m'avait fait venir.

J'ai pris le téléphone.

Là, j'ai tout de suite capté quelque chose. Je ne voyais que des tourbillons, un genre de brume, mais les émotions étaient intenses. Je pleurais. Non, c'est Victoria qui pleurait... de rage. J'ai resserré mes doigts autour de l'objet pour me concentrer au maximum.

Il ne t'appartient pas.

Elle parlait fort, martelait ses mots. Une réponse étouffée s'est fait entendre dans le lointain, mais je ne l'ai pas déchiffrée.

De toute évidence, il ne veut plus de toi, poursuivait Victoria. *C'est moi qu'il veut.*

Parasites sur la ligne. J'ai essayé de tenir le plus longtemps possible.

C'est ce qu'on verra.

La voix de Victoria s'est éteinte et j'ai ouvert les yeux.

– Qu'est-ce qui s'est passé ? a demandé Justin, les yeux écarquillés.

– J'ai capté quelque chose. Je ne suis pas sûre que ce soit intéressant, mais qui sait ?

Je me suis demandé s'il se pouvait que Victoria ait voulu parler de mon frère. Non, ils venaient juste de se rencontrer au *Miam-Miam*. C'est en tout cas ce qu'il avait dit.

J'ai reposé le téléphone sur le bureau, assez fière de moi. Je venais de nous dégoter une piste. J'allais peut-être m'avérer utile, en fin de compte.

– Bon, il est temps d'aller retrouver Mr Gros Dur, j'imagine ?

– Bonne chance, m'a dit Justin.

Gabriel faisait les cent pas dans le couloir. Son bermuda en toile et son tee-shirt bleu marine étaient particulièrement seyants, mais j'ai essayé de penser à autre chose. Comme au fait qu'il m'avait traitée de tarée.

La vision m'avait redonné confiance en moi, j'étais prête à m'impliquer à fond dans ce boulot. Comme on était partis du mauvais pied ce matin, j'ai d'abord essayé de faire ami-ami.

– Il paraît que tu t'inquiètes à l'idée de travailler avec moi. Si je t'expliquais comment mon don fonctionne, ça t'aiderait peut-être ?

– J'en doute, il a répondu sans croiser mon regard.

O.K., fini les efforts. Remontée comme une pendule, j'ai décidé de l'affronter comme j'avais déjà fait face à Tiffany, Billy, Frankie et les autres, tant de fois. Avec mon seul moyen de défense : les mots.

– Écoute, j'ai compris que travailler avec une voyante te posait problème. Sûrement autant que je ne supporte pas de bosser avec un crétin.

Il a entrouvert la bouche sans qu'un mot en sorte.

J'ai continué.

– Le maire m'a forcé la main autant qu'à toi. Alors je vais te dire mon plan : je ne me mets pas en travers de ton chemin et tu restes en dehors du mien. On résout cette affaire en vitesse, et on ne sera plus jamais obligés de s'adresser la parole. Marché conclu ?

L'espace d'un instant, j'ai lu du respect dans son regard. Il m'a fixée un long moment en faisant tourner ses clés autour de son doigt puis s'est décidé à parler.

– Je suis censé te conduire au motel pour que tu fasses… ton truc là-bas. Après je te ramène chez toi.

Il m'a fait signe de l'accompagner, mais je l'ai laissé marcher devant. J'avais besoin d'une minute pour retrouver mon sang-froid. Mains enfoncées dans les poches, j'ai respiré plusieurs fois à fond. L'envoyer sur les roses m'avait permis de sauver l'honneur de ma famille et de me faire respecter un tant soit peu. Mais sous mes airs bravaches, je me sentais vaguement fébrile.

Oui, j'étais Claire Fern, extralucide et dure à cuire, membre d'une famille de cinglés. Mais si les gens avaient pris la peine de se débarrasser de tous ces préjugés, ils auraient été surpris de découvrir que j'étais une fille normale. Une fille qui n'avait pas envie de passer le reste de sa vie sur la défensive. Qui désirait ce que tout le monde voulait.

Être aimée.

VIII

Le motel du *Jardin du Roi* était un bâtiment d'un seul tenant en forme de L articulé autour d'une piscine extérieure. La pub vantait une « vue sur la mer », mais ce qu'on voyait surtout en regardant par la fenêtre, c'était le parking. Il y avait un seul étage. Victoria Happel avait occupé la chambre 108, au rez-de-chaussée – la plus éloignée de l'accueil.

J'ai attendu près du ruban jaune qui barrait la porte que Mr Balai-dans-le-derrière en ait terminé avec le gérant.

La veille encore, il me draguait, m'adressait ses plus beaux sourires. Et à présent on aurait dit que je le dégoûtais. Bras croisés, j'ai commencé à taper du pied. Il a fini par arriver avec un type dégingandé et voûté qui trimballait un énorme trousseau de clés. Gabriel m'avait dit en chemin que son père avait appelé le motel pour les prévenir qu'une « jeune recrue » allait passer prendre quelques photos supplémentaires.

– J'aurais besoin de savoir quand je pourrai à nouveau louer la chambre, a dit le gérant.

Gabriel a pris la clé et déchiré un pan du ruban jaune.

– Pour l'heure, c'est toujours une scène de crime. Nous vous le ferons savoir dès que possible.

– Mais c'est qu'il y a des gens qui sont prêts à payer une jolie somme rien que pour une nuit dans cette chambre. Des gens fascinés par tout ce qui est morbide, vous voyez le genre.

– C'est écœurant, j'ai dit.

Gabriel lui a lancé un regard dur et le type s'est éloigné en hochant la tête.

Il est entré en premier. Je le suivais de près, le ventre un peu retourné. J'avais l'impression de me voir dans un film ou de me souvenir d'un rêve. Une fois encore, je me suis rendu compte de la drôle de vie que je menais. Les autres filles de mon âge étaient chez elles, à discuter avec des copines, à regarder la télé ou à flirter au téléphone. Moi, j'étais sur une scène de crime.

Gabriel a fermé la porte derrière moi. Les volets étaient clos, la chambre plongée dans l'obscurité. Il a allumé la lumière.

– Nous voici donc dans la chambre de la victime.

– Merci, inspecteur L'Évidence.

J'ai balayé la pièce du regard. C'était une chambre de motel typique. Lit double, table de chevet avec liseuse, téléphone, réveil, petite télé sur la commode. Les murs étaient beige sale et un piètre tableau de voilier était accroché de travers au-dessus du lit.

Gabriel a soupiré.

– Alors, euh... comment est-ce que tu procèdes ?

– Tu as déjà entendu parler de psychométrie rétrocognitive ?

– Non, jamais.

– C'est la capacité à percevoir des événements qui ont eu lieu dans le passé. C'est le don que je possède. Si je touche un objet et que je me concentre, parfois, je peux voir des choses qui se sont passées quand une autre personne touchait ce même objet.

– Parfois.

– Oui. Mais c'est pas parce que ça ne marche pas à chaque fois que c'est du baratin.

– Je n'ai jamais dit que c'était du baratin.

– Pas besoin d'être voyante pour savoir ce que tu penses. Suffit d'un brin de jugeote.

Il a failli sourire mais a repris son air grave de justesse ; il était censé me détester, tout de même.

– Un point pour toi. Bon, je vais m'asseoir là, dans le coin, et observer en silence.

Il s'est affalé dans un fauteuil.

– Je peux toucher à tout ?

– Oui, oui.

J'ai commencé par la salle de bains. J'ai promené mes doigts sur le rideau de douche, les boutons d'eau chaude et d'eau froide du lavabo. Rien d'intéressant. Juste quelques images de gens à leur toilette. Je suis revenue dans la chambre pour m'asseoir au bord du lit, main sur la couverture repliée. J'ai aussitôt eu l'impression de capter une chaîne pornographique avec un problème de réception. Il y en avait pour tous les goûts. J'ai senti le rouge me monter aux joues. Je me suis levée aussitôt, soulagée que Gabriel n'ait pas remarqué mon embarras.

Quand il s'agit d'objets que beaucoup de gens ont touchés, il arrive que les visions se bousculent et se confondent. J'avais bon espoir d'apercevoir Victoria quelque part, puisqu'elle avait été la dernière occupante des lieux. Mais il était évident que le motel ne lavait pas le linge souvent. Il fallait que je trouve un endroit où ses mains s'étaient attardées.

J'ai cherché des yeux la télécommande et l'ai repérée sur la télévision. Je l'ai prise et j'ai fermé les yeux. Je n'ai rien vu, mais senti une immense déception.

– Alors, cette télécommande ? a demandé Gabriel.

Je croyais qu'il avait dit « en silence ».

– Ça ne donne rien.

– Vaudrait mieux pour toi, parce qu'elle ne s'en est pas servie. La télé est en panne. Elle s'en est plainte à la réception le soir où elle a été assassinée.

Ça expliquait peut-être la frustration que j'avais ressentie.

– Dommage, j'ai soupiré.

– Pourquoi ?

– Si la télé avait fonctionné, elle serait peut-être restée à la regarder. Elle ne serait pas allée au *Miam-Miam*. Elle n'aurait pas fini avec une balle dans la tête.

– Si on pouvait prédire l'avenir… a-t-il lâché dans un haussement d'épaules.

– Tu l'as dit.

– Attends un peu. Tu prétends être extralucide mais tu ne crois pas qu'on puisse prédire l'avenir ?

– En effet.

Je me suis dirigée vers la commode pour toucher les poignées.

– Je peux savoir pourquoi ?

– Je n'ai jamais rencontré quelqu'un qui en soit capable. Et crois-moi, vu la population monstroïde de la ville natale de mes parents, s'il y avait une personne capable de prédire l'avenir, on en aurait entendu parler.

– Et cette Mme Maslov qui vient de s'installer en ville ?

– Une arnaqueuse.

– Attends, c'est l'hôpital qui se fout de la charité, là.

– Mais je n'ai jamais arnaqué personne !

J'en avais ras le bol de me défendre face à ce crétin.

– Tu ne trouves pas que c'est un peu hypocrite d'en vouloir à ceux qui ne croient pas en tes dons de voyance et de juger Mme Maslov de la même façon que ces gens te jugent ? m'a demandé Gabriel.

Je devais admettre que son argument faisait mouche. Inutile pour autant de le dire tout haut. J'ai planté mes mains sur mes hanches.

– Bon, tu peux la boucler un peu, que je me concentre ?

Il a souri d'un air suffisant mais s'est tu.

J'ai continué à arpenter la chambre une vingtaine de minutes sans résultats concrets. Il me fallait un endroit que Victoria Happel ait touché et qui n'ait pas été « contaminé » par des centaines d'autres personnes. Mais je pouvais y passer la journée.

– Alors, tu laisses tomber ? a demandé Gabriel, la voix teintée d'espoir.

Une idée m'est venue.

– Tu as les photos de la scène de crime ?

– Mais bien sûr, là, dans ma poche arrière.

Non mais quel imbécile.

– Bon, y a bien des photos qui ont été prises ?

– Ouais. Qu'est-ce que tu veux savoir ?

– Il faudrait que je sache dans quelle position son corps a été trouvé.

Il s'est levé, regard rivé au lit.

– Je les ai vues, ces photos. Je m'en souviens. Elle était allongée sur le lit.

– Il faut que je recrée la scène.

– Pardon ?

Les draps et les oreillers avaient été emmenés – pour les besoins des analyses, je présumais. Je me suis allongée sur le matelas et j'ai regardé le plafond que Victoria Happel avait probablement observé deux jours auparavant.

– Mets-moi dans la même position qu'elle. Le plus précisément possible.

Il a secoué la tête.

– Trop glauque.

– Écoute, rends-moi ce service et tu n'entendras plus parler de moi de la journée. O.K. ?

– Je ne vois pas en quoi ça va nous être utile. J'ai plutôt l'impression de perdre mon temps, là.

Mais je ne l'écoutais plus. J'avais repéré une tache noire et ronde – un cercle parfait, à vrai dire – au milieu du plafond jaunâtre. J'ai plissé les yeux.

– Qu'est-ce que c'est que ce truc ?

– Quoi ? a dit Gabriel en levant les yeux à son tour. Je ne vois rien.

Je me suis mise debout sur le lit et j'ai levé un bras. Ce n'était pas une tache. J'ai mis mon doigt dedans.

– Il y a un trou au plafond.

Gabriel a bondi sur le lit pour y regarder de plus près.

– Fait à la main, voire avec un foret. Rien à voir avec l'usure.

– Ça donne à l'occupant du dessus une super vue du lit.

Il a acquiescé.

– Il va falloir demander qui louait cette chambre. Mais comment mon père a pu passer à côté ?

– Est-ce qu'il a pris la peine de s'allonger sur le lit pour avoir le point de vue de la victime ?

– Non.

– Alors je ne t'ai peut-être pas fait perdre tant de temps que ça, ai-je rétorqué amèrement.

Il a rougi.

– Excuse-moi. On tient une bonne piste. Merci.

Je l'ai fait descendre du lit pour reprendre ma position allongée.

– Je n'ai pas encore fini. Alors, tu m'aides ?

– Comme tu voudras.

Il a posé les mains sur mes épaules. Une douce chaleur m'a aussitôt envahie. Heureusement qu'il ne lisait pas dans les pensées, parce qu'à ce moment précis je n'arrêtais pas de songer à quel point il était canon. Je devais vraiment être tordue pour penser à ça dans un endroit pareil. Mais je n'y pouvais rien, impossible de le chasser de mon esprit.

J'ai levé les yeux vers son regard sombre, sa bouche entrouverte tout près de la mienne.

Puis il m'a retournée comme une crêpe.

– Hé ! j'ai crié, à moitié étouffée contre le matelas.

– On l'a retrouvée sur le ventre.

– Tu aurais pu y aller plus doucement.

– Très bien, je ne te touche plus. Je te donne les indications. Tourne la tête vers la droite.

Je me suis exécutée.

– Passe ton bras gauche sous ton corps.

C'était de moins en moins confortable. Elle ne se serait pas allongée de cette manière pour dormir. Elle essayait peut-être de se relever et, après le tir, elle était retombée sur son bras.

– Écarte plus les jambes.

Dieu merci, il ne se servait plus de ses mains.

– Pose ta main droite sur la table de chevet.

– Près du téléphone ?

– Non, pas si loin. Pas tout à fait à plat, plutôt sur le bord.

J'ai tendu les doigts pour les poser sur le bois. Doucement, j'ai fermé les yeux. Soudain, la chambre a été plongée dans le noir. Mais Gabriel n'avait pas éteint la lumière.

Je voyais le passé.

Obscurité et silence. Respiration lente. Je suis fatiguée. Contente et fatiguée. La soirée ne s'est pas si mal déroulée, après tout. Clic. La porte s'ouvre. Je souris.

Je lève la tête pour dire : « Alors, on en redemande ? »

Je commence à me redresser, mais j'entends un Pan ! et une douleur indicible m'envahit. Puis le néant.

J'ai ouvert les yeux d'un coup. J'étais à bout de souffle.

– Je l'ai vu.

– Vu quoi ?

– Le meurtre.

J'ai bondi, main sur le cœur.

– J'ai tout vu. Elle était allongée sur le ventre, sur le point de s'endormir. Elle a entendu quelqu'un entrer. Elle a commencé à se redresser en disant : « On en redemande ? » et on lui a tiré dessus.

– Mais qui ? Qui lui a tiré dessus ?

J'ai fait appel à mes souvenirs.

– Il y avait une ombre, sur la gauche.

– Oui, c'est ici que le tueur se trouvait quand il a fait feu. Vas-y, continue.

– Il faisait noir dans la chambre, ai-je dit, doigts contre les tempes. Je n'ai distingué qu'une ombre. Ce n'est pas assez précis.

– Comme c'est pratique.

Je me suis relevée pour lui faire face.

– Ne me crois pas, ça m'est égal. Quelle raison j'aurais d'inventer tout ça, d'abord ?

– Oh, j'en vois plusieurs : de la pub pour ton entreprise familiale. L'argent. Une émission télévisée dont tu serais la star. Qui sait ?

– Mais que dois-je faire pour te convaincre de mon honnêteté ?

Il m'a regardée droit dans les yeux.

– Trouve le coupable.

IX

J'ai fait des cauchemars toute la nuit. La mort de Victoria se rejouait dans ma tête tandis que je tournais et virais.

On en redemande ?

On en redemande ?

On en redemande ?

Voilà ce que je savais. Victoria Happel était morte. Elle avait reçu une balle dans la tête, après avoir couché avec mon frère. Lui était parti, puis quelqu'un était entré dans la chambre. Victoria pensait que c'était Perry mais ce n'était pas lui. Ça ne pouvait pas être lui.

Perry n'est pas un assassin.

C'est ce que je me suis répété comme un mantra dans l'obscurité de ma chambre jusqu'à ce que je me rendorme.

Dans mon rêve suivant, j'étais perdue dans les bois. En proie à la fatigue, je finissais par m'écrouler sur le tapis de la forêt. Je restais là sans bouger, sans crier, tandis que des insectes me mordillaient la peau. Ça ne m'a pas réveillée non plus. Parce que je savais que je rêvais, et que les petites bêtes de la forêt, qui me dévoraient petit à petit, n'étaient qu'une allégorie des doutes qui me rongeaient.

Ceux que j'avais sur Perry.

Je regarde les infos. Je lis les journaux. Dans la plupart des cas, la dernière personne vue en compagnie de la victime est le coupable. Mais Perry était mon frère. Et il n'avait aucun mobile. Et puis, il m'avait juré que, quand il était parti, Victoria était encore en vie.

Et Perry n'a jamais menti de sa vie ? Les insectes riaient en chœur de ma naïveté.

J'ai pensé à toutes les histoires qu'il racontait aux filles, que ce soit à propos de sa cicatrice ou d'autres trucs. Des mensonges, d'accord, mais inoffensifs, un outil de drague comme un autre. *Il ment aux filles qui ne comptent pas vraiment. À moi, il ne ment pas*, ai-je répondu aux insectes.

C'est toi qui l'as dit : les filles ne comptent pas pour Perry, ont repris les doutes. *Quand il en a fini avec l'une d'elles, il passe à la suivante. Il les jette comme de vulgaires déchets. Leur vie n'a aucune importance à ses yeux.*

La ferme ! Ma voix a résonné si fort dans les bois que je me suis réveillée en sursaut.

J'avais vraiment crié.

Maman a déboulé dans ma chambre.

– Tout va bien ?

Elle a eu l'air déconcertée.

– Mais… qu'est-ce que tu fais encore au lit ?

J'ai regardé le réveil : il était dix heures.

– Est-ce que tu as vu ton frère ?

– Non, pourquoi ?

Elle a soupiré, poings serrés.

– Comme tu es occupée par ton boulot avec la police, il m'avait promis de travailler toute la journée. Et on va avoir du travail avec le feu d'artifice de ce soir. Ça attire toujours beaucoup de monde. On a déjà quelqu'un qui attend et Perry m'a plantée.

J'ai chassé les cauchemars de mon esprit. Ce n'était pas le moment de me laisser aller. J'ai rejeté la couverture pour me lever.

– Je peux faire la lecture avec toi.

Le visage de maman s'est éclairé.

– C'est vrai, ça ne t'embête pas ? Je sais que tu as un emploi du temps chargé…

– Non, non, aucun problème. Gabriel ne m'a pas encore appelée de toute façon.

Je me suis étirée.

– Je descends dans cinq minutes.

Comme je n'avais pas le temps de prendre une douche, je me suis aspergé le visage d'eau fraîche et attaché les cheveux. J'ai enfilé un tee-shirt gris, un short bleu marine, mis un peu de gloss, et hop !

En descendant les marches quatre à quatre, j'ai aperçu le journal du coin de l'œil. « Pistes minces sur la mort de l'adolescente », disait la une. Mes yeux se sont posés sur la photo de Victoria Happel. J'avais vu sa mort, mais pas son visage.

Elle ne ressemblait pas à l'image qu'on se fait d'une ado de dix-huit ans. Elle était d'une beauté renversante, avait de longs cheveux bruns, des formes voluptueuses, et un regard noisette qui faisait plus mûr, aguicheur. Son sourire naissant m'a emplie de tristesse. Elle ne sourirait plus jamais.

J'ai entendu la petite toux caractéristique de maman dans la salle de lecture. J'ai laissé tomber le journal pour la rejoindre. Le décor était planté – éclairage tamisé, musique douce, bougies allumées. La cliente, une fille à peine plus âgée que moi, s'est redressée à mon arrivée. Une douche et une bonne nuit de sommeil ne lui auraient pas fait de mal. Elle avait dû passer une nuit encore plus éprouvante que la mienne.

– Je ne sais pas où est passé mon fils, mais ma fille va se joindre à nous.

La fille a acquiescé, les yeux dans le vague.

– Bien, comment vous appelez-vous ?

– Joni, a-t-elle murmuré.

Ses longs cheveux châtains cachaient à moitié son visage. Elle tripotait un de ses ongles, cassé. Les autres étaient rongés à vif.

– Comment avez-vous entendu parler de nous ? ai-je demandé.

– J'ai vu un de vos flyers en ville. J'ai perdu une amie récemment.

Elle s'est mordu la lèvre, hésitant à nous en dire plus.

– Je suis venue pour savoir si elle me déteste.

Une amie ? J'ai commencé à avoir la chair de poule.

– Vous vous êtes disputées, a dit maman.

– Comment le savez-vous ? s'est écriée Joni, avant de rougir. Ah oui, c'est vrai, la voyance, excusez-moi. Je crois que… je ne m'attendais pas que ce soit du sérieux.

– Alors pourquoi avoir pris la peine de venir ? ai-je voulu savoir.

– Au cas où ça marcherait. Et si ce n'était pas le cas, je me suis dit que parler me ferait peut-être du bien.

Je la comprenais.

– Mon don fonctionne à condition qu'on me donne un objet à tenir.

Elle a sorti un objet de sa poche et me l'a tendu. Un collier, avec un pendentif – une moitié de cœur gravée de quelques lettres. Avec l'autre moitié, on aurait pu lire « MEILLEURES AMIES ». Elle l'avait autour du cou.

J'ai ouvert mon esprit aux vibrations qu'émettait le pendentif. Principalement de la tristesse et de la colère.

– Vous avez trahi votre amie, ai-je dit en ouvrant les yeux. Et maintenant elle est morte.

Une larme a roulé sur sa joue.

– C'est de ma faute. Vicki est morte à cause de moi.

Vicki.

Maman et moi avons échangé un regard entendu. Mon pouls s'est emballé. Cette fille avait peut-être réponse à toutes nos questions.

– Je ne vois pas en quoi vous êtes responsable, ai-je dit à Joni.

Elle a poursuivi sans croiser mon regard.

– Elle ne serait jamais venue ici en temps normal. Non, c'est ma faute. Elle... elle fuyait quelque chose. Je pense qu'elle est venue ici pour se réfugier. Pour s'éloigner de moi, de ce que je lui ai fait. Si rien de tout ça n'était arrivé... si j'avais été digne de son amitié... elle serait encore en vie.

– Reprenons depuis le début, ai-je dit en frottant mon pouce contre le pendentif. Parlez-moi de… Joel.

J'ai lu de la peur dans son regard.

– Vous avez capté ça par le collier ?

J'ai acquiescé.

– Joel était le petit ami de Vicki. On était en terminale ensemble cette année. Mais… mais il l'a trompée. Avec moi.

Classique. À quoi bon avoir une meilleure amie, sinon ? En tout cas, je comprenais mieux la vision que j'avais eue en tenant le portable de Victoria. Je me souvenais de ces mots pleins de haine. *De toute évidence, il ne veut plus de toi. C'est moi qu'il veut.*

– Je culpabilisais trop. J'ai dit à Joel que j'allais tout révéler à Vicki.

Maman a poursuivi à sa place.

– Et il s'est montré violent.

– Oui. Il m'a plaquée contre le mur. J'ai un bleu au bras. Il a crié que je ne dirais rien. Et pour être franche, je n'avais pas l'intention de tout dire à Vicki. Je ne voulais pas la blesser, ni gâcher notre amitié.

– Alors pourquoi avoir menacé Joel ? ai-je demandé.

– Pour lui faire peur. Pour qu'il aille lui dire lui-même, ou qu'il la plaque.

– Vous vouliez qu'elle soit au courant, mais vous n'aviez pas le cran de lui apprendre vous-même.

Maman m'a pincé le genou sous la table pour m'empêcher de dépasser les bornes. Il ne fallait jamais insulter nos clients, si détestables soient-ils.

– Vous avez raison, a dit Joni. C'était ma meilleure amie, et regardez ce qu'elle est devenue. Elle méritait mieux que moi, mieux que Joel.

Secouée de sanglots, elle a enfoui son visage dans ses mains.

– Mais vous avez fini par trouver le courage de lui dire, a dit maman.

Joni a relevé la tête en reniflant.

– Je voulais que Joel sorte de sa vie. Si moi il m'avait bousculée, qui sait ce qu'il était capable de lui faire si elle rompait…

Le fil de mes pensées s'est emballé. Joel avait peut-être vu Victoria et Perry ce soir-là, et il l'avait tuée dans un accès de jalousie. J'ai éprouvé un double soulagement : Perry n'était pas le coupable, et il s'en était sorti la vie sauve.

Un silence est tombé puis Joni a repris.

– Je voulais qu'ils se séparent. Vicki s'était déjà rendu compte que Joel la trompait, et la veille de son départ, ils s'étaient disputés comme jamais. Elle lui a dit que c'était fini. J'aurais dû me la boucler. Mais je me suis dit que ça avait assez duré. Il était temps que la vérité sorte. Alors je lui ai avoué que c'était moi que Joel se tapait.

– Et comment elle a pris la nouvelle ?

– Ça l'a rendue folle. C'est là qu'elle m'a redonné la moitié du pendentif. Pour elle, on n'était plus amies. On ne le serait jamais plus.

Ses épaules se sont affaissées.

– Puis elle a quitté la ville. Je me suis dit qu'après ce long week-end, elle serait peut-être calmée, qu'on pourrait se parler à son retour, voire même recoller les morceaux. Mais on ne se parlera plus jamais.

– Elle est vraiment venue ici toute seule ? ai-je demandé.

– Je crois, oui. Bien que ça ne lui ressemble pas vraiment.

– Est-ce qu'elle avait des amis ici, des connaissances ? a demandé maman.

– Pas que je sache, non. Mais...

Je me suis penchée en avant.

– Mais quoi ?

– Depuis quelques semaines, j'avais l'impression qu'elle me cachait quelque chose. J'étais parano, je m'imaginais qu'elle commençait à comprendre ce qui se tramait entre Joel et moi. Mais non, elle ne s'est jamais doutée de rien. Alors... oui, elle avait peut-être un secret.

– Est-ce que Joel était au courant de sa venue ici ?

– Non. Cela dit, ce n'était pas dur à découvrir. C'est sa mère qui m'a dit qu'elle était ici.

– Est-ce qu'il aurait pu venir jusqu'ici pour...

– ... la tuer ? a achevé Joni. Il y a des chances. Je ne vois pas qui d'autre, sinon. Elle n'avait de problèmes avec personne. Seulement un manque de bol et de jugeotte incroyable. Suffit de regarder qui elle a choisi comme petit copain et meilleure amie... Quelle idiote.

– Il faut que vous alliez dire à la police ce que vous savez.

– Non. Je refuse d'être mêlée à tout ça.

Je me suis demandé si je pouvais l'en persuader, mais un regard de maman m'a suffi. Elle lisait dans ses pensées, qui toutes convergeaient vers la même idée : FUIR.

Mais je n'allais pas la laisser partir comme ça. Il fallait qu'elle parle de Joel à la police, avant qu'ils ne concentrent toute leur attention sur Perry.

J'avais eu la bonne idée d'échanger mon numéro avec Gabriel pour le boulot. Mains sous la table, je lui ai envoyé un texto. « Dis o flics 2 venir chez moi tt de suite ! ! »

Maman a offert un verre d'eau à Joni, qu'elle a descendu d'un trait. Je l'ai retenue grâce à une vision plus agréable que le pendentif m'avait procurée.

– Je vous vois, avec Vicki, habillées pareil, en chemise blanche et nœud papillon noir. Vous chuchotez, et vous riez.

– On était serveuses pour un traiteur de luxe. On travaillait dans des soirées très chic en ville. Ça payait bien, et puis, on s'amusait.

Ce souvenir l'avait attendrie, mais elle semblait toujours agitée. Elle s'est levée pour partir.

– N'hésitez pas à revenir si vous désirez une autre lecture, ou simplement pour parler, a dit maman en la raccompagnant dans l'entrée.

La porte s'est ouverte, et l'inspecteur Toscano est entré avec Gabriel. La gravité de son regard m'a fait dire que mon texto était peut-être un peu vague. Croyant que j'avais besoin d'aide, ils étaient venus en personne au lieu d'envoyer quelqu'un.

– Merci d'être venu, inspecteur Toscano.

Joni a reculé d'un pas de géant.

– Joni, ici présente, était venue pour une lecture. C'était la meilleure amie de Victoria Happel. Elle m'a demandé de vous appeler pour vous faire part de ce qu'elle sait. Notamment à propos de l'ex-petit ami de Victoria.

Joni m'a assassinée du regard, furieuse que je l'aie prise au piège. Je me sentais un peu coupable. Mais elle avait trahi sa meilleure amie. Le moins qu'elle puisse faire, c'était de prendre quelques minutes pour fournir de précieuses informations à la police. Perry serait alors tiré d'affaire et tout rentrerait dans l'ordre. En fin de compte, elle me remercierait.

Sans la brusquer, l'inspecteur a pris Joni par le bras.

– On vous emmène cinq minutes au poste, après quoi vous serez libre de repartir.

– Ouais, à votre service, a-t-elle grommelé.

Gabriel s'est tourné vers moi.

– On se retrouve au *Miam-Miam* pour déjeuner, dans une heure ? Il faut qu'on revienne sur deux, trois trucs.

– Pas de problème.

Je me suis demandé quels étaient ces « trucs », et s'ils avaient à voir avec Perry.

Après leur départ, maman s'est laissée tomber sur le canapé en soupirant.

– J'ai bien fait de dire à Gabriel de rappliquer, non ? De toute évidence, Joni allait tout garder pour elle. Elle voulait s'enfuir, par pur égoïsme.

– Oui, elle aurait fui, c'est sûr. S'il y a une chose qu'elle voulait éviter, c'était d'être mêlée à l'enquête. Elle ne voulait pas parler de Joel à la police. Mais pas par égoïsme.

– Alors pourquoi ?

– Parce qu'elle est morte de peur.

X

En arrivant au *Miam-Miam*, j'ai cherché du regard Mlle Garce Duschnock, mais ouf, elle n'était pas de service. J'ai trouvé Gabriel à sa table habituelle. Son regard s'est éclairé quand il m'a vue, puis il s'est forcé à froncer les sourcils. Je me suis assise face à lui.

– Alors, de quoi tu voulais parler ?

– Pas de « Bonjour » ? De « Comment ça va ? »

Moi qui avais cru qu'il voulait qu'on s'en tienne au strict minimum… J'ai haussé les épaules et pris un menu.

Il s'est raclé la gorge.

– Hier, dans le bureau du maire, j'ai remarqué que tu connaissais bien son fils, Justin. Vous êtes proches, tous les deux ?

– Non.

Hors de question que je m'étende sur le sujet.

– Vous avez un passif, non ?

Mais qu'est-ce qu'il me jouait, là ? D'abord il s'intéressait à moi. Ensuite il découvrait que j'étais extralucide et m'insultait, et voilà qu'il était jaloux de Justin. Et la cohérence, dans tout ça ?

J'ai baissé mon menu.

– Pourquoi ton père a refusé de travailler avec moi sur l'enquête ? Pourquoi il t'a envoyé à sa place ? Et pourquoi tu en as après les voyants comme ça, d'abord ?

– C'est personnel.

– Justin aussi, c'est personnel.

Je me suis à nouveau planquée derrière mon menu. On ne s'est rien dit jusqu'à ce que la serveuse vienne prendre notre commande et nous ôte notre camouflage. J'ai envoyé un texto à Perry. Où était-il fourré ? Ça m'était égal d'avoir dû travailler à sa place ; cette lecture nous avait fourni une piste prometteuse. Mais ça ne lui ressemblait pas de planter maman sans rien dire. Surtout au vu de sa situation actuelle.

La serveuse nous a apporté nos boissons, j'ai avalé une longue gorgée de soda.

– Comment ça s'est passé avec Joni ? ai-je fini par demander. Est-ce qu'elle a parlé du petit ami, Joel ?

– Ouais, ce qui fait de lui le principal suspect. Dès qu'on lui met la main dessus, on l'interroge.

– Tu peux nous dire merci. Elle était sur le point de s'enfuir. Elle ne veut pas être mêlée à tout ça.

Il s'est frotté le menton.

– Oui, d'ailleurs, c'est bizarre. On s'attendrait plutôt qu'une amie veuille apporter son aide, surtout si elle se sent coupable.

J'ai agité ma paille et les glaçons ont tinté contre mon verre.

– Selon ma mère, Joni a une peur bleue de Joel.

– Elle a dit ça à ta mère ?

Pas exactement, mais si on voulait passer un déjeuner paisible, il valait mieux que je n'évoque pas ses dons de télépathe.

Nos plats sont arrivés à point nommé. Gabriel a mordu dans son sandwich pendant que je versais la vinaigrette sur ma salade. J'ai détourné la conversation.

– Sinon, quoi de neuf ?

– On a découvert qu'ils ont une caméra de surveillance, ici, sur un mur extérieur, orientée vers le parking.

J'ai failli m'étouffer avec une feuille de laitue. La bande avait dû enregistrer le départ de Victoria et Perry.

– Ah bon ?

– Ils l'ont installée il y a des années, à l'époque où des gens utilisaient illégalement leurs bennes à ordures. Mais ils n'ont jamais changé de système. C'est un vrai dinosaure qui enregistre encore sur des cassettes VHS. Le gérant doit la changer tous les jours et les garde une semaine avant de les réutiliser. Bien sûr, ils n'ont pas celle du soir du crime. Et comme le local ne ferme pas à clé et que c'est un bazar sans nom, ils ne savent même pas s'ils l'ont perdue ou si elle a été volée.

– Dommage.

Je ne le pensais qu'à moitié.

– En revanche, on sait qui occupait la chambre au-dessus de celle de la victime. Tu as déjà entendu parler d'un certain William Rawlinson ?

– Billy ?

Ça ne me surprenait pas vraiment. J'ai posé ma fourchette. Je n'avais pas pensé à Billy Rawlinson depuis que j'étais tombée sur lui à la supérette, et la soudaine évocation de son nom me coupait l'appétit.

– J'étais sûr que tu le connaîtrais. Le gérant de l'hôtel a dit que c'était un gars du coin, le genre perturbateur.

– Billy et sa clique sont des crétins finis. Je me demande comment ils ont fait pour avoir leur diplôme. Bref. Le gérant a dit autre chose sur lui ?

– Il louait la chambre pour l'été et commençait tout juste à travailler au motel en tant qu'homme à tout faire.

– Contente de voir qu'il ne vit plus aux crochets de ses parents. Les pauvres. J'étais persuadée qu'il serait encore chez eux à quarante ans.

– Dis-moi, tu ne le portes pas dans ton cœur, on dirait.

– On peut dire ça. Ça ne m'étonne pas qu'il ait foré un trou dans son plancher pour se rincer l'œil.

– Tu crois que c'est pour ça qu'il a fait un trou ?

– Ouais, c'est un pervers. Pourquoi, sinon ?

Je me suis tue.

– Attends, tu le soupçonnes de meurtre ? ai-je demandé.

– Tu ne le crois pas capable d'assassiner quelqu'un ?

J'ai réfléchi. Je connaissais ce garçon depuis la maternelle. Je le détestais, mais quand même.

– Je n'en sais rien. C'est une vraie plaie, pas de doute là-dessus. Mais… un assassin ? Enfin, j'imagine que tout est possible.

Une idée m'a traversé l'esprit : si la police tenait Billy, et si Billy avait vu Perry au motel ce soir-là, il avait peut-être tout déballé aux flics.

– Qu'est-ce qu'il a dit à propos de ce trou quand vous l'avez interrogé ? Il était dans sa chambre le soir du meurtre ? Est-ce qu'il a vu quelqu'un avec la victime ?

Gabriel m'a scrutée avec attention.

– Est-ce que tu me caches des choses ?

– Non, n'importe quoi.

– La police adorerait poser toutes ces questions à Billy, mais malheureusement, il est introuvable. Le gérant du motel ne l'a pas vu depuis samedi matin, penché sur une clim en panne.

– Et le meurtre a eu lieu samedi soir. Personne ne l'a vu depuis ?

– Apparemment non, personne. Ni les clients du motel ni ses parents.

– Mets la main sur Frankie Creedon et tu trouveras Billy. Ils partagent le même cerveau. L'un ne peut pas survivre sans l'autre.

Gabriel a sorti un bout de papier de sa poche. C'était un flyer annonçant le feu d'artifice qui avait lieu le soir même.

« Trentième feu d'artifice sur la plage d'Eastport ! Toute une soirée pour s'amuser, danser, se régaler et faire la fête ! »

– Il y a une chance pour que tes deux copains y soient aussi ?

– Ouais.

– Alors on n'a qu'à y aller.

– Ensemble ?

– Ça te pose un problème ?

Est-ce qu'il s'était radouci à mon égard ? Il avait peut-être changé d'avis et revenait à ses premières impressions. Ou alors il avait simplement besoin de moi pour identifier Frankie. Oui, c'était sûrement ça. Ne nous emballons pas.

J'ai souri.

– Pas du tout ! Retrouvons-nous chez moi. On ira à pied.

Discrètement, j'ai vérifié l'écran de mon portable. Toujours pas de réponse de Perry. Où était-il passé ?

Un nouveau doute a commencé à s'insinuer dans mon esprit. J'ai secoué la tête. Non, il ne se serait pas enfui. Impossible.

Seuls les coupables prennent la fuite.

Cinq minutes avant l'arrivée de Gabriel, j'étais dans ma chambre en petite culotte et soutien-gorge. Trois tenues étaient étendues sur mon lit. Tee-shirt noir et short treillis : trop décontracté. Robe bain de soleil légère : trop mal ajustée. Robe courte moulante : trop désespérée. Mais qu'est-ce que je fabriquais, bon sang ? Pourquoi j'essayais plusieurs tenues ? Pour impressionner un garçon qui m'avait traitée de cinglée ?

J'ai soupiré et choisi la robe bain de soleil. Le rouge ne me va pas, mais le rose pastel s'accorde bien avec mes cheveux roux. Je trouvais qu'elle n'était pas très seyante mais elle était confortable. Je sortais en mission, pas pour draguer.

Heureusement, Gabriel est arrivé avec cinq minutes de retard. Je venais d'enfiler mes sandales et de me mettre du rouge à lèvres quand il a frappé à la porte.

– J'espère que je ne t'ai pas fait att…

Il s'est interrompu pour me reluquer, sans s'en cacher.

– Quoi ?

– Très seyante, cette petite robe.

Ce bout de chiffon, seyant ? Je me suis demandé ce qu'il aurait dit de la robe moulante. Lui portait un jean et un tee-shirt des Yankees. Ça n'allait pas lui valoir l'amitié des gens du coin, mais il fallait admettre que la coupe mettait en valeur sa musculature de rêve. Ses cheveux bruns étaient humides, comme s'il sortait tout juste de la douche. Sentant le rouge me monter aux joues, j'ai fait demi-tour.

– Viens, entre.

Il a inspecté le vestibule.

– Je ne suis resté qu'une minute quand on est venus chercher Joni. Je n'ai pas eu le temps de voir à quoi ta maison ressemblait… C'est différent de ce que j'imaginais.

– Et tu t'attendais à quoi ? À voir des poupées vaudoues pendues au plafond ?

– Juste une petite, à mon effigie.

– Celle-là, elle est cachée sous mon lit.

Il a rigolé et s'est avancé jusqu'à la baie vitrée.

– Ça doit être sympa d'habiter si près de la promenade et de la plage.

– En temps normal, oui. Mais ça peut être très bruyant, comme ce soir. Comme si tu avais des milliers de gens dans ton jardin.

– Alors tu n'as pas d'autre choix que d'y aller tous les ans, j'imagine ?

– C'est ça. Mais c'est la première fois que j'y pars en mission, ai-je dit en me frottant les mains. On y va ?

– C'est parti. Prends ton portable. Je pense qu'il va falloir se séparer pour chercher notre homme. Celui qui le trouve en premier appelle l'autre.

J'ai donné à Gabriel une photo de Billy et Frankie que j'avais imprimée depuis une page Facebook pour qu'il sache qui chercher. Maman était déjà sortie, Perry était toujours porté disparu, alors j'ai fermé à clé en partant.

La plage grouillait de monde. Familles, meutes d'ados hilares, couples alanguis sur des couvertures, groupes de filles et de garçons qui se mataient. J'en connaissais beaucoup, mais une bonne moitié étaient des touristes. D'appétissantes odeurs nous aguichaient tour à tour : steaks grillés, hot dogs, saucisses, pizzas, glaces, beignets…

– Hum, je pourrais passer la nuit à manger, a dit Gabriel.

– Un peu de patience. Quand j'aurai repéré Billy Rawlinson, tu pourras me récompenser en m'offrant un beignet dégoulinant d'huile.

– Ah, cette fichue voix de la raison… Bon, allez, on se sépare et on ratisse.

Je me suis dirigée vers la gauche en passant devant le podium où se produisait la fanfare de l'école. L'air le plus naturel possible, je scrutais la foule à la recherche de Billy et Frankie. Je me suis faufilée parmi une horde de filles qui faisaient éclater leurs bulles de chewing-gum – des terminales du lycée.

– Ne me dis pas qu'il lui a dit ça !

– Mais si, j'te raconte pas ! Et tu sais ce qu'elle lui a dit ?

Et patati et patata. Pitié, dites-moi que je ne serais pas aussi pénible que ça si j'avais des copines !

– Oh ! que si, tu le serais !

J'ai fait volte-face pour me trouver nez à nez avec un nuage de barbe à papa mauve, derrière lequel se cachait… ma mère.

– Maman, il va falloir que tu arrêtes de t'immiscer dans mes pensées. Je t'assure, c'est pas cool.

Elle m'a fourré une poignée de barbe à papa dans la bouche pour me faire taire.

– Je ne l'ai pas fait exprès, Claire. Je me promenais, en écoutant la foule.

– Et tu as capté quelque chose d'intéressant ?

– Il se trouve que oui. Le fils de l'inspecteur n'arrête pas de reluquer tes jambes. Et il adore cette petite robe rose. À un tel point qu'il s'en voudrait presque.

J'ai rougi.

– Je reformule ma question : tu as capté quelque chose d'important ?

– Comme un homme qui se baladerait en pensant « J'ai tué Victoria Happel » ?

– Par exemple, oui.

– Non, je n'ai pas eu cette chance. Mais tu sais, chérie, les gens ne pensent pas à leurs secrets en permanence. Le tueur pourrait très bien se trouver à côté de moi, et en lisant dans ses pensées je verrais simplement qu'il a envie d'un poulet grillé. Mais je vais quand même garder les yeux et l'esprit ouverts.

– Merci. Et amuse-toi bien avec l'intimité des autres !

Elle m'a embrassée avant de disparaître dans la foule.

Les gens commençaient à se réserver une place sur la plage pour admirer le feu d'artifice. Tandis que je me frayais un chemin entre couvertures et transats, m'excusant quand j'écrasais un orteil, j'ai entendu quelqu'un appeler mon nom. En tournant la tête, j'ai vu Nate se diriger vers moi.

Il avait l'air en pétard, ce qui ne lui ressemblait pas.

– Tu peux me dire où est passé ton frère ?

– Tu ne l'as pas vu non plus ?

J'ai senti l'angoisse monter.

– Non. On devait venir ensemble, mais il m'a posé un lapin. C'est mon rabatteur en temps normal. Comment je suis censé rencontrer une fille sympa sans mon rabatteur ?

Nate souriait, mais je n'étais pas tranquille. Perry avait planté maman, et maintenant Nate. Je ne le reconnaissais plus.

Impossible de laisser transparaître mes inquiétudes. J'ai souri du mieux que j'ai pu en lui offrant mon bras.

– Allez, je serai ta rabatteuse pour quelques minutes. Marchons un peu.

Il a ri et on est partis bras dessus, bras dessous. On arrivait au coin des jeux pour enfants ; un château gonflable géant semblait faire le plaisir de tous, en plus des jeux de fête foraine où les gamins pouvaient soutirer vingt dollars à leurs parents pour gagner une peluche miteuse qui en valait deux.

– Est-ce que tu as aperçu Billy Rawlinson ou Frankie Creedon ce soir ? ai-je demandé à Nate.

Il s'est gratté la tête.

– Il me semble avoir vu Frankie. Je ne sais plus trop.

– Tu te souviens à quel endroit ?

– Non, désolé. Mais ça a l'air important, dis-moi. Qu'est-ce qui se passe ?

Je ne savais pas ce que j'étais autorisée à lui dire.

– Oh, rien d'important.

– Alors c'est la réponse que tu vas me sortir à chaque fois.

– Comment ça ?

– La collaboratrice de choc des forces de police ne peut plus se confier à son modeste ami journaliste.

– Oui, tu as tout compris.

Je lui ai adressé un clin d'œil.

– Bon, alors, comment ça se passe avec l'inspecteur *Miam-Miam* ?

– Cher ami, vous devenez indiscret, ai-je plaisanté.

Mais Nate a repris son sérieux d'un coup.

– Sois sur tes gardes, Claire.

J'ai laissé retomber son bras.

– Qu'est-ce que tu essaies de me dire ?

– J'ai découvert des trucs sur son père et lui qui...

– Claire ! a dit une voix derrière moi.

– Bon, je file, a dit Nate. Si tu croises l'autre andouille, dis-lui que je lui en veux à mort de m'avoir planté, O.K. ?

– L'autre andouille ? a demandé Justin.

– Hé oui, tu n'es pas la seule en ville. Qui l'eût cru ?

Il a souri. Comme à chaque fois que je voulais lui faire du mal.

– Tu es splendide dans cette robe. Je me souviens, tu la portais à notre premier pique-nique de printemps…

– Désolée, Justin, je ne suis franchement pas d'humeur nostalgique. J'ai du boulot.

J'ai essayé de m'éloigner, mais il m'a doucement retenue par le bras.

– Je suis désolé, Claire. Je ne sais pas combien de fois il faudra que je te le dise, ni comment je peux te le prouver. Mais je suis vraiment désolé.

– Tes excuses ne pourront pas changer le passé.

– Je sais bien, mais j'espérais…

– Tu espérais quoi, au juste ? Qu'on pourrait se remettre ensemble ? Reprendre comme avant ? Que je pourrais te regarder sans penser à Tiffany ?

Soudain, une sonnerie a retenti ; un type venait de mesurer sa force au jeu du maillet. Sa petite amie l'applaudissait avec ardeur. Il lui a tendu son prix, un ours en peluche blanc, et a eu droit à un baiser.

Justin a baissé les yeux.

– Non, je sais que c'est impossible. En fait, je voudrais simplement que tu cesses de me haïr.

Je me suis radoucie.

– Je ne te déteste pas, tu le sais.

Le vent a plaqué une mèche de cheveux en travers de mon visage, qu'il a replacée derrière mon oreille en faisant traîner un peu ses doigts sur ma nuque. Une partie de moi voulait lui pardonner. Reprendre notre histoire. Je n'avais jamais été aussi heureuse qu'avec lui. J'ai plongé les yeux dans son regard azur.

– Ah, te voilà !

Justin et moi avons reculé d'un pas au son tonitruant de la voix de Gabriel, comme deux gamins pris en flagrant délit de bisou.

– Quoi de neuf ? ai-je demandé en chassant ce qui venait de se passer de mon esprit.

– Je t'ai envoyé un texto. Comme tu ne répondais pas, je me suis inquiété.

Inquiété ? Pour moi ? J'ai sorti mon téléphone de mon sac.

– Désolée, je n'ai pas entendu la sonnerie.

Gabriel a regardé Justin.

– Salut.

Justin lui a fait un signe de tête.

– Salut.

– Alors, tu as une piste pour Frankie ou Billy ? ai-je demandé à Gabriel.

– Non. Mais bon, je doute qu'ils traînent dans le coin, avec les gamins de cinq ans. Qu'est-ce que tu fais, au juste ?

Oh ! pas grand-chose, j'essaie de me dépêtrer d'un moment riche en émotions avec mon ex.

– Je suis tombée sur Justin, mais je me dirigeais vers là-bas.

Je lui ai montré une partie de la plage où des types se lançaient un ballon.

– Je n'ai pas encore inspecté cette zone.

– O.K. Moi, je vais jeter un œil du côté des toilettes publiques.

Mais au lieu de se mettre en marche, il est resté planté là à nous dévisager.

Justin a vite pigé.

– Bon, je te laisse reprendre le boulot.

Chacun est parti dans sa direction. J'ai scruté le petit attroupement qui s'était formé autour d'un feu de camp, visage après visage. Les mecs qui jouaient au football s'étaient posés et sortaient des bières d'une glacière. Il y avait plus de sable à cet endroit, j'ai enlevé mes sandales pour continuer pieds nus. Le groupe de garçons a levé les yeux sur mon passage. J'ai fait de mon mieux pour les regarder sans qu'ils y voient un jeu de séduction. Pas de Billy, ni de Frankie. J'ai passé mon chemin, laissant derrière moi le tintement des capsules et les éclats de rire virils.

J'ai enjambé un couple allongé sur une couverture qui aurait vraiment mieux fait de prendre une chambre. En détournant le regard, je suis tombée sur Stephen Clayworth, qui me faisait signe depuis son transat, flanqué de son père et de sa mère. Il voulait manifestement que je le rejoigne, mais j'ai fait semblant de ne pas comprendre. Je n'avais pas de temps à perdre avec ce minable.

– Claire !

Quel boulet. Je me suis retournée. Loin d'être échaudé par mon mépris, Stephen progressait péniblement dans ma direction.

– Attends-moi !

– Désolée, Stephen, mais je n'ai pas le temps de discuter. Je cherche quelqu'un.

– Alors je vais t'aider à chercher pendant qu'on parle.

– Tu connais Billy Rawlinson et Frankie Creedon ?

– Bien sûr, mais qu'est-ce que tu leur veux à...

– Ce sont eux que je cherche, donc si tu veux parler, suis la cadence et aide-moi à les trouver.

– D'accord, a-t-il dit en sautant par-dessus quelqu'un pour rester à ma hauteur. Écoute, je tenais à m'excuser pour mon comportement sur le front de mer. Je n'étais pas moi-même. J'étais un peu éméché.

Une excuse à la mode, décidément.

– J'accepte tes excuses.

– L'année a été dure. Enfin, tu en sais quelque chose.

– Qu'est-ce que tu entends par là ?

J'ai plissé les yeux en direction d'ombres sous les planches de la promenade.

– Pour toi aussi, l'année a été difficile, non ? C'est terrible, ce que Justin t'a fait.

Il a secoué la tête.

– Enfin, pour lui aussi ça a dû craindre : se faire larguer alors qu'il te faisait un cadeau pareil... Mais il le méritait, hein.

– De quoi tu parles ?

– Du fait qu'il t'ait trompée.

– Non, pas ça. Tu as dit « un cadeau pareil », qu'est-ce que ça veut dire ?

Déjà rougies par un coup de soleil, les joues de Stephen se sont empourprées davantage.

– Ah, alors il n'a même pas eu le temps de te l'offrir. Je croyais que...

J'ai repensé au soir où j'avais tout découvert. Il avait dit qu'il me réservait une surprise. Mais j'avais effleuré son blouson, et tout s'était précipité.

– De m'offrir quoi ?

Il a baissé les yeux en donnant des coups de pied dans le sable.

– Stephen, ai-je dit en imitant au mieux le ton autoritaire de sa mère.

– Il y avait un type dans l'équipe de campagne de mon père qui était plus ou moins en charge de suivre Harry Spellman avec une caméra, dans l'espoir qu'il commette une bévue.

– T'es sérieux ? Mais c'est écœurant !

– C'est la politique, Claire. Tous les coups sont permis. Et puis, c'était l'idée de mon père, pas la mienne.

Il s'est frotté la nuque.

– Bref. Notre homme a suivi Justin et son père dans une bijouterie. Justin passait y prendre une bague de fiançailles qu'il avait fait faire. C'est lui qui l'avait dessinée.

Soudain, j'ai eu du mal à respirer. J'avais envie de m'écrouler sur le sable, mais mes genoux refusaient de se plier. Il avait fallu qu'il dessine la bague lui-même, hein. Il l'avait sûrement dans sa poche quand il était entré et que je l'avais attiré vers moi par le col de son blouson. Si je n'avais pas fait ça... si je n'avais pas eu de vision... j'aurais sauté au plafond en voyant cette bague. Ç'aurait été un des plus beaux moments de ma vie. Je la porterais en ce moment même.

– J'aurais peut-être dû la boucler, a dit Stephen en me regardant d'un air inquiet.

– Non, ça va, ai-je menti. Tout ça, c'est du passé, maintenant.

Il a reculé de quelques pas, sûrement de peur que je ne fonde en larmes.

– Bon, je vais retrouver mes parents avant le début du feu d'artifice. Encore toutes mes excuses pour hier soir.

Je lui ai fait un signe de la main, soulagée de pouvoir enfin reprendre mon souffle.

– Mais c'est quoi, là, l'heure du thé ? a grondé Gabriel derrière moi. À chaque fois que je te vois, t'es en train de bavasser avec un mec différent. Et si tu te concentrais sur nos deux zozos au lieu de draguer le premier venu ?

Je l'ai assassiné du regard. Il a fait un pas en arrière.

– Euh, tout va bien ?

– Ça dépend. T'as fini de me gronder comme si j'étais une gamine ?

Avant qu'il ait le temps de répondre, j'ai avancé en pointant un doigt dans sa direction.

– Sache que j'ai demandé à tous ceux avec qui j'ai parlé s'ils avaient vu Billy ou Frankie. Je ne me suis pas arrêtée pour parler météo.

Il a levé les mains en signe de reddition.

– Ça va, c'est bon, excuse-moi. Détends-toi, tu veux ?

Sentant que la tristesse l'emportait sur la colère, j'ai détourné le regard. Gabriel s'est approché doucement et a posé une main sur mon épaule.

– Il s'est passé quelque chose, on dirait. Raconte-moi.

– Non, c'est personnel.

J'ai repoussé sa main, bien qu'elle m'ait un peu réconfortée.

– Bon, je crois que les types qu'on cherche ne sont pas là. On a ratissé la plage de long en large. Ça suffit pour ce soir. On se retrouve demain matin, bon pied bon œil. Ils finiront bien par faire surface.

Sage décision. Je lui ai dit au revoir et l'ai observé s'éloigner. La vue était agréable, mais rien n'y faisait. J'étais obnubilée par le visage de Justin quand il avait franchi le seuil ce fameux soir. Il avait l'air si content, sûrement à cause de la bague logée dans sa poche. Mon don avait tout gâché. L'espace d'un instant, je me suis demandé s'il n'aurait pas mieux valu que j'ignore son infidélité. Après tout, c'était une erreur de mec bourré. Il la regrettait. Jamais il n'aurait recommencé. J'aurais accepté sa bague. On serait encore ensemble. Je serais quelqu'un d'heureux.

Non. Je me suis secouée.

C'était Justin le responsable, lui qui m'avait trompée. Si je ne l'avais pas découvert grâce à mes visions, Tiffany se serait sûrement fait une joie de me l'apprendre. Et j'en serais au même point, seule et en colère.

Je suis partie en direction de chez moi, en longeant l'ombre de la promenade dans l'espoir que je ne croiserais personne en mal de bavardages. Je ne voulais plus parler, ni réfléchir. Tout ce que je voulais, c'était mon lit.

Mais c'est là qu'un bras s'est enroulé autour de mon cou pour me tirer sous les planches.

XI

Talons plantés dans le sable, je résistais de toutes mes forces à mon agresseur, mais il était plus fort que moi et me traînait toujours plus loin dans l'obscurité. Je voulais l'atteindre là où ça fait mal, mais ma jambe s'agitait en arrière dans le vide. J'ai tout à coup cessé de tirer sur son bras velu pour lui enfoncer mes deux coudes dans le ventre. Il a gémi et m'a laissée partir.

– Attends, a-t-il dit avant que je prenne mes jambes à mon cou.

J'aurais reconnu cette voix nasillarde entre mille.

– Frankie ?

– C'est la deuxième fois en une semaine que tu me fourres un coup de coude dans le bide. Je ne voulais pas te faire peur, Claire.

– Alors pourquoi m'avoir attaquée ?

– C'est moi qui ai le bras en sang, pas toi !

Je l'ai attiré dans la lumière pour le voir correctement. Mal rasé, ébouriffé, il scrutait les alentours comme une bête traquée.

– Qu'est-ce qui se passe ?

J'avais repris mon souffle, mais mon cœur battait encore à tout rompre.

Frankie est retourné dans l'ombre, juste assez pour échapper aux regards.

– J'ai entendu dire que tu me cherchais. Il fallait que je te parle, mais je ne voulais pas qu'on me voie.

– Ce que tu peux être bête ! Encore heureux que je n'avais pas de Taser ou de bombe lacrymo sur moi !

– Je t'ai dit que j'étais désolé, O.K. ? Pourquoi est-ce que tu me cherches ?

– Je cherche Billy, en fait.

– Moi aussi.

– Tu ne sais pas où il est ?

– Non. J'ai cherché partout. Ça m'inquiète.

– Quand est-ce que tu l'as vu pour la dernière fois ?

Je n'arrivais pas à y croire : j'étais là à demander des nouvelles de Billy à Frankie, comme si c'étaient mes potes. Si Billy n'avait pas été en possession d'infos cruciales pour l'enquête, je me serais bien fichu de savoir où il était. Et Frankie qui me parlait comme si j'étais un être humain, pour une fois, au lieu de se moquer de moi. Mais ça, c'était évidemment parce qu'il avait besoin de moi.

– Hier, il a dit, en massant les griffures que j'avais laissées sur son bras.

– Pourquoi tu t'inquiètes si tu l'as vu hier ?

– Y a un truc qui clochait. Quand je l'ai vu le matin, tout baignait. Il disait qu'il allait dégainer sa botte secrète. Que ça allait changer sa vie. Et puis quand je l'ai appelé l'après-midi, il était complètement différent.

– Comment ça ?

– Il avait peur. C'est pas le genre de Billy. Et voilà qu'il a disparu. Je crois qu'il s'est enfui.

Mince alors. Qu'est-ce qui avait pu le faire détaler comme ça ? Des menaces ? J'ai pensé à Perry, introuvable lui aussi, et les parallèles avec Billy commençaient à me faire froid dans le dos.

– Mais il t'aurait dit où il allait, non ? Vous êtes inséparables tous les deux.

– Je sais pas. Tout ce que je sais, c'est qu'il ne répond pas à son téléphone.

– Alors ça rime à quoi cette mise en scène, pourquoi tu me tires comme ça sous les planches ?

– Je sais ce qu'on dit de nous en ville, qu'on partage le même cerveau.

– Et ?

– Et celui ou celle qui a fait fuir Billy doit penser que je suis au courant de son petit secret. Alors je me planque jusqu'à ce qu'il revienne.

– Et s'il ne revient pas ?

Une détonation a couvert mes mots.

J'ai sursauté, mais ce n'était que le début du feu d'artifice. Le ciel s'est illuminé d'étincelles bleu-violet sous les « oooh » et les « aaah » du public. On allait devoir poursuivre cette conversation ailleurs si on voulait s'entendre. Je me suis retournée.

Mais Frankie avait disparu.

J'ai regardé sous les planches, dans l'obscurité. Hors de question que je retourne là-dessous. Frankie s'était débarrassé de moi. Pour l'instant.

J'ai appelé Gabriel pour lui raconter ma mésaventure. On s'est mis d'accord pour se retrouver le lendemain. Pour l'instant, il fallait vraiment que je dorme.

Je me suis faufilée à travers la foule et, le temps que j'arrive à la maison, le bouquet final s'achevait et les gens rentraient chez eux. J'ai gravi les marches du perron et stoppé net.

La lumière extérieure était éteinte. Bizarre. Je n'oublie jamais de l'allumer, et j'avais été la dernière à partir de la maison. La loggia était rarement plongée dans l'obscurité. J'en avais presque des frissons. Allez, Claire, un peu de sang-froid. La présence de Gabriel avait dû me perturber au point d'en oublier cette fichue lumière.

J'ai sorti ma clé et continué à monter les marches. Le bois a craqué sous mes pas. Puis j'ai entendu autre chose. Une respiration. Lente, régulière. J'ai distingué une masse sombre sur la balancelle.

L'ombre a bougé.

En pointant ma clé devant moi pour m'en servir comme d'une arme en cas de besoin, j'ai crié :

– Levez-vous et dites-moi ce que vous voulez !

– Hein ? Quoi ? Qu'essss ?

– Perry ?

– Claire ?

J'ai tourné ma clé dans la serrure, ouvert la porte et allumé la lumière. L'ombre menaçante n'était autre que mon frère.

– Qu'est-ce qui se passe ?

– C'est à moi de te le demander, ai-je rétorqué. J'ai failli te planter ma clé dans l'œil. Pourquoi est-ce que tu pionces sur la balancelle ?

Il s'est passé une main dans les cheveux.

– Excuse-moi si je t'ai fait peur. J'ai oublié ma clé en partant ce matin. Comme il n'y avait personne quand je suis rentré, j'ai attendu votre retour. J'ai dû m'endormir.

– Mais où t'étais fourré toute la journée ? T'as raté les séances. Maman est en pétard.

Perry a gratté les écailles de peinture de la balancelle.

– Je ne voulais pas qu'elle lise dans mes pensées. Qu'elle sache que j'étais avec Vicki le soir où elle a été assassinée.

J'ai croisé les bras.

– Tu ne pourras pas éviter maman toute ta vie. Tôt ou tard, elle l'apprendra. Si ça se trouve, elle l'a déjà perçu dans mon esprit. Qui sait, avec elle.

– Tu as raison, il a dit en baissant la tête. C'est vraiment une sale passe. Je me sens tellement coupable.

– Coupable de quoi ?

– De la mort de Vicki. Si je ne l'avais pas laissée toute seule, j'aurais peut-être pu la sauver.

Culpabilité du survivant, classique, je me suis dit.

– Oui, ou alors tu y serais passé toi aussi.

J'essayais de l'aider, de trouver les mots justes, et en même temps je me demandais s'il me disait la vérité. J'avais peine à croire que je doutais de mon frère.

J'ai suivi du regard un papillon de nuit qui voletait autour de la lumière. Une idée m'est venue. Traversée par une montée d'adrénaline, j'ai retrouvé la pêche.

Perry s'est levé.

– Bref, désolé de t'avoir fait peur. Je vais me coucher.

– Attends, ai-je dit en lui prenant le bras. Tu tiens à te faire pardonner ?

– Oui… Comment ?

– Viens avec moi au *Jardin du Roi*, dans la chambre de Victoria, et essaie d'entrer en contact avec elle.

Il a blêmi.

– Elle pourra peut-être te dire qui l'a tuée, et ce sera la fin du cauchemar.

Contraint et forcé, Perry a accepté. On est arrivé au motel juste avant minuit.

– Au fait, comment tu comptes accéder à sa chambre ?

– T'en fais pas, j'ai mes entrées.

On s'est garés devant la réception. J'ai dit à Perry d'attendre dans la voiture. Quand je suis entrée, le gérant a levé la tête au bruit de la clochette et m'a reconnue.

– Qu'est-ce que je peux faire pour vous ?

Comme il m'avait vue sur la scène de crime avec Gabriel, j'espérais qu'il me prendrait pour une stagiaire. Si tel était le cas, ce serait du gâteau et je n'aurais même pas besoin de battre des cils.

– Il me faudrait la clé de la chambre.

Il a hésité, comme s'il se disait soudain que je n'avais peut-être aucun droit d'être ici.

– Il faut qu'on en finisse au plus vite pour que vous récupériez votre chambre.

Je lui ai décoché un grand sourire pour masquer ma nervosité.

– Comme vous l'avez dit, il y en a qui seraient prêts à payer une fortune pour y passer la nuit.

Bingo. La clé de la chambre 108 a atterri dans ma main. Dans la voiture, Perry transpirait à grosses gouttes.

– C'est bon, tu l'as ?

Je lui ai agité la clé sous le nez.

– Ne doute jamais de ta sœur.

On s'est garés un peu en retrait de la chambre de Victoria et on s'y est introduits en s'assurant que personne ne nous avait vus. Je dansais d'un pied sur l'autre, comme si j'avais avalé un litre de café.

– Je n'aime pas ça, a dit Perry tandis que je fermais la porte derrière nous.

Il a tendu la main vers l'interrupteur, mais je l'ai empêché d'allumer.

– Quoi ?

– Mieux vaut laisser éteint si on ne veut pas éveiller les soupçons.

– Mais quand même, il fait noir là-dedans. Et puis, tu sais, le fantôme et…

– Mais quel âge tu as, bon sang ? On y voit assez clair avec la lumière qui filtre par les stores. Et depuis quand tu as peur des fantômes ? Tu gagnes ta vie en entrant en contact avec eux !

– Ouais, sauf qu'en général, ce sont des petites dames mortes de vieillesse qui me contactent pour dire à leurs petits-enfants qu'elles ont caché un magot dans leur panier à tricot… Pas des filles assassinées avec qui, euh, ben, j'ai couché !

– Il y a un commencement à tout.

Je l'ai fait asseoir sur le lit.

Il a bondi.

– Claire ! Pas ici ! C'est là qu'elle a été tuée !

– Chuuuut ! Pas si fort ! Bon, d'accord.

Je lui ai indiqué une chaise dans un coin de la chambre.

– Va t'asseoir là-bas. Concentre-toi, et finissons-en avant de se faire pincer.

Avachi sur la chaise, il a fermé les yeux. Je l'avais vu faire des centaines de fois. Menton sur la poitrine. Souffle lent. Pas de bruit, pas de mouvement. L'exercice de son talent nécessitait un silence absolu.

Je scrutais les recoins sombres de la pièce. Un frisson m'a parcourue. J'étais tellement contente de ne pas avoir le don de Perry.

J'espérais qu'il allait réussir à convoquer son esprit. Peut-être que ce serait simple comme bonjour : elle nous dirait qui l'avait tuée, et tout serait terminé.

Il s'est redressé, les yeux ouverts.

– Elle est là ? ai-je murmuré.

Il a levé un doigt pour me faire taire. Son regard s'est braqué vers un recoin, dont il s'est approché lentement.

– Je suis désolé de…, s'est-il lancé, mais il s'est arrêté abruptement.

J'avais l'impression d'espionner une conversation téléphonique.

Perry a fait quelques pas en avant, les mains jointes.

– Attends, je voudrais juste te poser quelques questions.

Il a écarquillé les yeux.

– Mais c'est faux ! Je t'en prie, écoute-moi, je vais t'expliquer.

La température ambiante a chuté, je voyais mon souffle se condenser dans l'air.

– Attends ! a crié Perry.

D'un coup, tout afflux d'énergie a quitté la pièce, comme si on avait débranché une prise. Perry s'est laissé glisser à terre et a ramené ses genoux contre son torse.

– Elle est partie ?

Il a hoché la tête.

– Elle a refusé de me parler.

– Pourquoi ça ?

Il a levé vers moi son regard triste, le même qu'il me lançait, enfant, après avoir cassé mes jouets. Plein de remords, implorant.

– Pourquoi est-ce qu'elle ne veut pas te parler, Perry ? ai-je insisté.

Il a détourné le regard.

– Parce qu'elle dit que je l'ai tuée.

XII

Tu parles d'une réussite. Que l'esprit d'une fille assassinée accuse votre frère de l'avoir tuée ? Rien de plus réconfortant. J'avais traîné Perry jusqu'ici dans l'espoir de mettre un terme à tout ça, de l'innocenter et de le sortir de la déprime dans laquelle il sombrait. Au lieu de quoi, je n'avais fait qu'aggraver la situation. Et ça faisait une info en plus à cacher à Justin et à Gabriel. J'ai quand même réussi à le convaincre de rentrer à la maison avec moi au lieu de partir je ne sais où pour échapper à maman.

Le lendemain, j'ai ouvert les yeux de bonne heure, avant la sonnerie du réveil. J'aurais dû sauter sous la douche, mais je suis restée là, le regard rivé au plafond, rongée par le doute. Et si l'humeur changeante de Perry n'était pas à mettre au compte de la culpabilité du survivant ? Si la supposition de Victoria était plus que ça ? Si c'était la vérité ? La vérité nue, que je refusais de voir, protégeant Perry aveuglément ? Protégeant un assassin : mon frère ?

La sonnerie de mon téléphone m'a fait sursauter.

J'ai tendu la main vers ma table de chevet.

– Claire ?

– Oui, Justin.

– Excuse, j'avais pas reconnu ta voix.

– C'est à ça qu'elle ressemble quand on me réveille trop tôt.

– Effrayant. Bref, va falloir que tu te lèves. Tu es attendue au poste de police.

– Pourquoi ?

– Joel Martelli est en garde à vue.

– L'ex-petit copain de Victoria ?

– Ouaip.

– O.K., j'arrive.

Je me suis assise, mais avant que j'aie le temps de me lever, mon téléphone a sonné de nouveau.

– Oui ?

– Juste une dernière chose, a dit Justin. Tu peux demander à ta mère de t'accompagner ?

– Entendu.

Avant de prendre ma douche, je suis allée au bout du couloir annoncer à maman que sa présence était requise. Elle était aux anges. Rien ne la ravit plus que de se sentir utile.

Une fois lavée, j'ai attaché mes boucles en queue-de-cheval et enfilé un top violet sans manches et une jupe ocre. Je voulais une allure semi-professionnelle mais hors de question de mettre un pantalon par cette chaleur. Cette jupe ferait très bien l'affaire.

Pendant le trajet jusqu'au poste, mes pensées ont à nouveau vagabondé vers Perry. À présent que la lumière du soleil avait chassé la noirceur de la nuit précédente, mes doutes s'étaient retirés dans un coin de mon esprit, remplacés par un sentiment d'inquiétude. Je ne l'avais pas croisé ce matin. Il était rentré avec une triste mine la veille. Je ne lui jetais pas la pierre, après ce qui s'était passé.

Justin nous a accueillies devant le poste et m'a prise à part.

– Merci d'être venue et d'avoir convaincu ta mère, a-t-il chuchoté.

– Pas de problème. Alors, qu'est-ce qui va se passer ?

– On va procéder à une séance d'identification du suspect par le témoin.

Je ne comprenais pas.

– Quel témoin ?

– Starla Fern.

– Mais ma mère n'a rien vu.

– Peut-être, mais elle peut entendre ce qu'il pense.

– Mais je croyais que tu nous avais fait venir pour des raisons... plus officielles.

Il a haussé les épaules.

– Ta mère leur donnera peut-être une piste, ça vaut le coup d'essayer. Ça te pose un problème ?

– Non, pas un, mais deux. Premièrement, l'inspecteur Toscano n'accréditera jamais ce genre d'informations. Et deuxièmement, maintenant que tu prétends avoir un témoin, ma mère va se retrouver confrontée à l'assassin. Merci, tu viens de la mettre en danger de mort.

– Claire, ça se fait derrière une vitre sans tain. Même si Joel est bien notre coupable, il ne verra pas le visage de ta mère. Quant à l'inspecteur Toscano, laisse mon père se charger de lui. C'était son idée.

À vrai dire, j'étais assez curieuse de voir si maman réussirait à retirer quelque chose de ce Joel...

Justin est resté dans l'entrée tandis que Harry Spellman conduisait ma mère dans une petite pièce aux murs en béton munie d'une grande vitre. Je me suis assise sur une chaise raide et j'ai regardé autour de moi. J'avais déjà vu ce genre d'endroit au ciné et dans des séries policières, mais jamais en vrai. En observant l'autre côté du miroir, là où s'aligneraient les suspects, je me suis surprise à éprouver un petit frisson d'excitation. Cette collaboration avec la police, c'était bien plus passionnant que de rester confinée à la maison avec des touristes.

Mr Spellman a quitté la pièce pour aller prévenir l'inspecteur de la procédure en cours. D'après les éclats de voix qui nous parvenaient, j'avais vu juste : Anthony Toscano était peu enthousiaste. Il a déboulé dans la pièce sans prévenir ; ma mère a sursauté.

– Désolé de vous avoir fait peur, madame Fern.

– Ne vous en faites pas, inspecteur.

Elle a légèrement incliné la tête.

– Eh oui, je suis d'accord avec vous, ma fille et moi nous ressemblons énormément.

Les joues de Toscano se sont empourprées. Il s'est tourné vers Mr Spellman.

– Je veux bien accepter tout ce cirque, à une condition.

– Je vous écoute, a répondu Mr Spellman en croisant les bras.

– Ne lui dites pas qui est notre suspect.

– Ah ! un test, s'est réjouie maman.

– Inutile de présenter les leurres à Starla, ce serait lui faire perdre son temps.

Maman l'a interrompu en posant une main sur son bras.

– Ça ira, Harry. Je ferai tout ce que l'inspecteur désire. Lire dans les pensées de chacun ne me pose pas de problème.

L'inspecteur Toscano a passé une tête dans le couloir.

– Faites-les entrer !

Cinq types sont entrés dans la pièce, de l'autre côté du miroir, et nous ont fait face. Ils faisaient tous un peu moins d'un mètre quatre-vingts ; minces, les cheveux courts. L'un d'entre eux était particulièrement séduisant, dans le genre mauvais garçon : cheveux en pics, oreilles percées, et bras tatoués.

Maman s'est mise à arpenter lentement la pièce, s'arrêtant de temps à autre pour fermer les yeux. Au bout de quelques minutes, elle s'est rassise.

– Je peux éliminer le numéro deux.

Le numéro deux était le beau mec, et à en juger par le regard entendu que Gabriel et son père ont échangé, il devait s'agir de Joel Martelli.

– Alors vous n'en écartez qu'un seul ? a demandé l'inspecteur Toscano, l'air de dire « Je le savais ».

Maman lui a lancé un regard glacial.

– Je ne peux pas lire toutes leurs pensées comme on feuilletterait un livre. J'entends seulement ce qu'ils pensent à cet instant. Alors, oui, si l'assassin était en train de se dire « Ouais, c'est moi qui l'ai tuée. Et je vais bientôt frapper à nouveau », je l'entendrais. Mais aucun d'entre eux n'a ce genre de pensée.

– Alors pourquoi avoir éliminé le numéro deux ?

– Il est terrorisé parce qu'il a volé une voiture et il pense qu'on va l'arrêter pour ça.

– Et donc ?

Maman a soupiré.

– S'il avait assassiné quelqu'un, ne pensez-vous pas que cela le préoccuperait plus que le fait d'avoir volé une voiture ?

– Et rien d'intéressant sur les autres ? a demandé Mr Spellman.

– Non. Quoique... Le numéro quatre trouve que l'inspecteur Toscano a un joli popotin.

Sur quoi l'intéressé a rougi et quitté la pièce, marmonnant qu'il perdait son temps. Mr Spellman nous a remerciées d'avoir fait le déplacement et nous a laissées partir. Maman était désolée de ne pas avoir été d'une plus grande aide mais je l'ai rassurée du mieux que j'ai pu.

J'aurais quand même bien aimé qu'elle décèle quelque chose de flagrant chez Joel. Surtout pour résoudre cette affaire, coffrer le tueur et soulager mon frère. Mais aussi pour bien montrer à Gabriel qu'il se plantait sur ma famille et qu'il n'aurait jamais dû douter de nous.

En sortant, nous sommes passées devant un bureau où l'inspecteur parlait à voix basse avec un autre policier.

J'ai malgré tout réussi à entendre qu'il lui demandait de faire une recherche sur la plaque d'immatriculation de la voiture de Joel Martelli.

Mon souhait n'était peut-être pas si loin d'être exaucé.

XIII

– Je le croyais vraiment coupable, ai-je dit, découragée, en gravissant les marches jusqu'à notre porte d'entrée.

– Ne t'en fais pas, a répondu maman en me tapotant l'épaule. L'inspecteur Toscano démasquera l'assassin. Il est peut-être soupe au lait mais il n'abandonnera pas tant qu'il n'aura pas obtenu ce qu'il veut. Ah ! bonjour, mon chéri.

Perry se tenait devant la salle de lecture, le visage pâle, les yeux creusés. Il ne devait pas dormir du sommeil du juste.

– Un client vient de débarquer à l'improviste, nous a-t-il dit. Mais je ne me sens pas bien. Vraiment, c'est au-dessus de mes forces.

Sa voix s'est brisée.

– Ne t'en fais pas, Gabriel n'a pas besoin de moi aujourd'hui. Retourne te coucher.

J'ai poussé Perry vers l'escalier pour le mettre hors de portée de maman.

– Vraiment, ça ne te dérange pas ?

– Non, non, pas du tout.

Je suis entrée dans la salle de lecture et j'ai souhaité la bienvenue à nos clients, deux hommes élégants d'une cinquantaine d'années.

Ils ont échangé un regard avant de me sourire.

– Désolé, a dit le blond. On ne s'attendait pas que vous soyez si...

– Pour tout vous dire, l'a coupé le brun, on pensait avoir affaire à une vieille sorcière.

– Attendez, voilà ma mère.

Ils ont ouvert de grands yeux à l'arrivée de maman et on a tous ri de bon cœur. La lecture s'est déroulée sans accroc. Maman les a éblouis avec ses talents de télépathe et je les ai quant à moi impressionnés en relatant leurs dernières vacances à Cape Cod ainsi que le jour de leur rencontre. Ils ont payé et sont partis l'air plus que satisfait. Si seulement toutes les lectures se déroulaient comme ça...

Je m'apprêtais à me faire un sandwich dans la cuisine quand on a sonné. Un autre client. Décidément. Enfin, maman allait pouvoir cesser de se faire du mouron à propos de Mme Maslov.

J'ai rangé mon assiette dans le placard pour me diriger vers l'entrée.

– Oh ! c'est toi.

– Tu as l'air déçue, a répondu Nate.

Il portait un bermuda et un polo dont le vert mettait ses yeux en valeur.

– J'espérais un client, mais c'est toujours un plaisir de te voir, cher Nate.

Il a souri.

– Voilà qui fait du bien à entendre. Perry est là ? Je passais le prendre pour aller déjeuner.

– Il dort. Il ne se sent pas très bien. J'étais sur le point de me faire un sandwich, mais je serais heureuse de t'accompagner dans notre cinq étoiles préféré, si tu n'y vois pas d'inconvénient.

– Au contraire, Perry devrait tomber malade plus souvent !

Une demi-heure plus tard, détendue, je savourais ma première frite. Qu'on nous ait placés sur la banquette rafistolée au scotch m'était égal.

– Hum, quel bonheur. C'est pile ce qu'il me fallait.

– Ton délicieux inspecteur te donne du fil à retordre ?

– L'apprenti inspecteur est un régal pour les yeux, mais dès qu'il l'ouvre, c'est pour m'envoyer promener.

J'ai dégusté une autre frite.

– Cette enquête m'obsède complètement. Je pensais qu'on avait mis la main sur le coupable, mais apparemment on s'est trompé. Et toi ? Tu as entendu des choses intéressantes en salle de rédaction ?

Il a secoué la tête.

– Rien que des rumeurs.

– Quel genre ?

– Le genre que tu n'as aucune envie d'entendre.

Je me suis penchée vers lui.

– Nate Garrick, tu me connais depuis que je suis toute petite. Tu sais donc que tu en as trop dit, ou pas assez. Allez, balance.

– J'ai entendu quelques personnes suggérer que le maire pouvait être dans le coup, a-t-il chuchoté, presque gêné.

– Mr Spellman ? me suis-je écriée.

Le père de Justin ? Impossible.

– Chuuut, moins fort.

Je me suis radossée à la banquette, les bras croisés.

– Pour quelle raison le maire aurait-il tué une touriste comme ça, au hasard ?

– Pour que toute la ville le prenne pour un héros. Il tue une touriste de passage, célibataire, sans enfants. Ensuite il fait arrêter l'assassin, sauvant ainsi les habitants d'Eastport, qui en signe de gratitude le réélisent à son poste le jour venu.

– Notre maire, atteint du syndrome de Münchhausen ? Ridicule.

– On a vu plus dingue, crois-moi. Et puis, ce n'est pas un peu bizarre qu'il ait fait venir ce super inspecteur de New York juste une semaine avant le meurtre ?

L'idée était tellement grotesque que les mots me manquaient.

– Mais ce sont des rumeurs… des foutaises !

Nate a haussé les épaules.

– Peut-être que l'inspecteur Toscano est dans le coup, alors. Il a un passé louche.

– Comment ça ?

J'ai attaqué mon sandwich.

– Mon chef m'a demandé un papier pour présenter le nouvel inspecteur à nos habitants. Quelques lignes, quoi. Mais après les recherches que j'ai faites sur lui, j'ai de quoi en écrire des tartines. Il n'a pas quitté New York de son plein gré.

J'ai fini mon soda.

– Il s'est fait virer ?

– À ce qu'il paraît.

– Nate, encore des rumeurs... Rien de concret. Ce job d'été va faire de toi un vrai concierge.

Il a levé les yeux au ciel.

– C'est comme ça que ça marche dans le métier, Claire, crois-moi. Un de nos reporters explore la piste d'une possible maîtresse de Spellman et un autre la même piste pour Dallas Clayworth. Parfois les rumeurs ne sont que du vent, mais il arrive qu'elles mènent à la vérité.

J'ai fait une grimace.

– Moi, ça me semble trop louche.

Il jouait avec le coin déchiré de son set de table en papier.

– Quoi qu'il en soit, choisis bien ton camp, Claire. Ne fais pas confiance aux Toscano. Ils cachent quelque chose, je le sens. Garde tes distances. Du moins jusqu'à ce que j'en sache plus.

Je savais Nate impliqué dans son travail de journaliste, mais là, il semblait prendre les choses trop au sérieux. Avant que j'aie le temps de poursuivre, mon téléphone a sonné. Gabriel.

– T'es où ? m'a-t-il demandé.

– Je déjeune au *Miam-Miam*.

– Je passe te prendre dans cinq minutes. On va au 26 Berkshire Drive. Chez les parents de Billy Rawlinson.

J'ai détourné le regard.

– C'était Gabriel. Je dois le retrouver.

Nate a acquiescé en saisissant son portefeuille. J'ai sorti des billets de ma poche et les ai glissés sur la table.

– Aujourd'hui, c'est pour moi. Tu m'invites la prochaine fois ?

Son expression était indéchiffrable.

– Claire, je ne prétends pas te dire ce que tu dois faire. Je veux seulement te protéger, tu comprends ?

– Je sais. J'ai toujours eu l'impression d'avoir deux grands frères au lieu d'un.

Je l'ai embrassé sur la joue avant de m'éclipser.

Betty et Herbert Rawlinson habitaient une maison à demi-étage dans une rue où s'alignaient des habitations du même genre qui ne se différenciaient que par la couleur de leur façade et les décorations de jardin. Ce qui avait dû être un quartier sympathique quand tout était neuf dans les années 1970 était à présent aussi daté qu'un épisode de *Huit ça suffit*. Et si la nuance bleu layette de la maison des Rawlinson avait dû faire son effet dans le pot, elle n'était pas du meilleur goût sur les bardeaux en bois.

Gabriel m'a dit qu'il avait demandé à son père de nous accompagner pour rendre la chose plus officielle, mais l'inspecteur avait refusé. Nous n'étions donc pas des collaborateurs de la police, mais deux amis venus prendre des nouvelles de Billy.

En chemin, on a échafaudé un plan. Heureusement, je n'avais jamais rencontré les Rawlinson, et ils ne sauraient pas que j'étais le souffre-douleur de leur fils depuis des années.

Gabriel a frappé à la porte. Betty, la mère, n'a pas tardé à venir ouvrir.

– Bonjour, madame Rawlinson. Billy ne serait pas là, à tout hasard ?

Betty a souri, l'air d'apprécier la politesse et l'allure de Gabriel, alors que ce qui traversait sa dentition parfaite n'était que mensonges.

– Vous êtes ses amis ?

– Oui, ai-je répondu. Mais on ne le trouve nulle part. Il n'est pas au motel.

– Il n'est pas ici non plus, mais entrez, je vous en prie.

Elle nous a conduits jusque dans la salle à manger, où la table croulait sous des piles de linge. Betty a tout rangé dans une panière.

– Nous sommes désolés de débarquer comme ça à l'improviste, a dit Gabriel, mais à vrai dire on se fait un peu de souci.

– Billy m'a emprunté des DVD la semaine dernière, ai-je poursuivi. On était censés se voir samedi soir pour qu'il me les rende, mais il n'est pas venu. Et depuis, il est introuvable. Je me suis demandé si à tout hasard il était malade, s'il avait décidé de rentrer chez lui quelques jours.

Betty s'est assise et nous a invités à l'imiter.

– Nous aussi, on le cherche.

– Quand l'avez-vous vu pour la dernière fois ? s'est enquis Gabriel.

– Il est rentré à la maison samedi soir, a dit Betty avant de s'éclaircir la voix. C'était bizarre, parce qu'il est arrivé en pleine nuit. Je ne sais plus trop à quelle heure. J'ai entendu du bruit. Herbert a eu peur et a pris sa batte de base-ball. Il a trouvé Billy dans sa chambre, assis à son bureau. Il avait l'air drôlement secoué.

– Est-ce qu'il vous a dit pourquoi ? ai-je demandé.

– Ses voisins de chambre au motel étaient trop bruyants, donc il allait passer la nuit ici. Et quand je me suis levée dimanche matin, il était déjà parti. On ne l'a pas vu depuis, et son portable est éteint.

Gabriel et moi avons échangé un regard.

– Avez-vous remarqué s'il manque des choses dans votre maison ? Est-ce qu'il aurait pris beaucoup de vêtements ou autre chose qui laisserait croire à un voyage ?

Elle a haussé les épaules.

– Il a pris sa camionnette.

– La grise ?

Elle a acquiescé.

– Bon, on va continuer à garder l'œil ouvert, a dit Gabriel.

– Si vous le trouvez, dites-lui de m'appeler tout de suite, d'accord ?

– Nous n'y manquerons pas, ai-je dit en me levant.

– Vous voulez jeter un œil dans sa chambre pour voir si vous trouvez vos DVD ? a proposé Betty.

– Avec plaisir, si ça ne vous dérange pas, ai-je répondu en cachant tant bien que mal mon enthousiasme.

– Mais pas du tout.

Elle s'est levée et nous a conduits jusqu'à la chambre de Billy, au bout du couloir. Le mobilier se résumait à un lit double et un bureau. Un mannequin s'exhibait en bikini sur un poster accroché au mur, qui devait être là depuis des années.

– Allez-y, jetez un œil, nous a dit Betty avant de partir.

– Profitons-en, a murmuré Gabriel. Je monte la garde, et toi, tu... tu fais ton truc. Dépêche.

Malgré les ordres de Gabriel, j'ai pris mon temps pour faire le tour de la chambre. Si on m'avait dit qu'un jour j'entrerais dans la chambre de Billy Rawlinson... Lui qui m'avait traquée sans relâche dans les couloirs de l'école, comme un lion après sa proie. Je ne savais pas s'il me détestait à cause de mes aptitudes ou bien parce que j'étais une cible facile. Mais à présent les rôles étaient inversés : c'est moi qui étais sur ses traces.

J'ai ouvert le placard et laissé mes doigts effleurer les quelques vêtements pendus là. Même chose avec les poignées, son oreiller, son dessus-de-lit. Le bureau. Rien. Un vieux tee-shirt élimé était posé sur la chaise. J'y ai pris appui, mains agrippées au dossier. Les yeux fermés, je me suis concentrée.

Cette fois, c'est la vision que je redoutais le plus qui est arrivée la première. Deux corps emmêlés, des gémissements de plaisir. La scène était lointaine, entourée d'un halo noir. C'est là que j'ai compris. Je voyais ce que Billy avait vu par le trou du plancher de sa chambre d'hôtel.

Je regardais Victoria et mon frère s'envoyer en l'air.

J'ai lâché le tee-shirt et la chaise en me redressant d'un coup. J'ai ouvert les yeux.

– Quoi, tu as vu quelque chose ? m'a demandé Gabriel.

J'ai secoué la tête pour chasser ces images de mon esprit.

– Non, rien.

– Rien du tout ? a-t-il insisté, l'air dubitatif.

– Désolée, me suis-je emportée. On n'est pas au Mac-drive, je te signale. Tu ne peux pas me commander une vision avec frites et Coca.

– Tu n'as pas compris : je ne te critiquais pas. J'ai vraiment eu l'impression que tu avais vu quelque chose.

– Pas encore, ai-je menti.

Je me suis mise en quête d'autre chose à fournir à Gabriel pour éviter d'avoir à lui dire la vérité.

– Sa mère a dit qu'elle l'avait trouvé assis à son bureau l'autre soir. Essaie avec ces objets, là.

Enfin une idée qui tenait la route. J'ai touché la pile de magazines, deux billets de banque. C'est en prenant un stylo tout simple que j'ai vu Billy écrire quelque chose. J'ai senti son cœur s'emballer. C'était important.

– Il a écrit quelque chose.

J'ai repéré un petit bloc-notes blanc.

– Sur ce truc. Il a écrit un mot sur une feuille de ce bloc.

– Espérons qu'il ait appuyé comme un malade, a dit Gabriel en pêchant un crayon de papier dans un tiroir.

Il s'en est servi pour ombrer la feuille du dessus, jusqu'à ce qu'un message apparaisse. Quatre mots, gribouillés à la va-vite.

JE T'AI VU.

XIV

– Je t'ai vu, ai-je lu à voix haute. C'est quoi ? Une menace ?

– Ça y ressemble.

Mais qui ? Qui Billy avait-il vu ? Victoria et Perry, au lit, ou bien l'assassin ? Si Perry avait reçu un avertissement de ce genre, il m'aurait quand même prévenue, non ?

– Le mot était sûrement destiné à l'assassin, ai-je dit.

– Mais pourquoi ne pas en parler directement à la police ?

Gabriel s'est frotté le menton.

– Il devait chercher à faire chanter le meurtrier.

– Où peut-il bien être maintenant ? Tu crois qu'il s'est fait assez d'argent pour quitter la ville ? Ou peut-être qu'il a flippé et se planque ?

– En tout cas, on n'a plus rien à faire ici, a conclu Gabriel, interrompant le fil de mes pensées.

Après avoir pris congé de Betty, nous nous sommes dirigés vers la Jeep rouge de Gabriel garée dans l'allée.

– Et maintenant ?

– J'ai peut-être un moyen de le retrouver, a dit Gabriel en s'appuyant sur le capot. Grâce aux signaux.

D'une main, j'ai protégé mes yeux du soleil qui se reflétait dans le pare-brise.

– Les quoi ?

– La mère de Billy a parlé de son portable. Les téléphones émettent des signaux toutes les deux ou trois minutes, captés par l'antenne la plus proche. Et l'antenne transmet à son tour ces signaux au réseau.

– Les opérateurs téléphoniques conservent ces données ?

– Certains ne gardent que le dernier signal émis, d'autres les données des dernières vingt-quatre heures. Mais avant tout, il faut que le téléphone soit allumé pour pouvoir émettre.

– Si on appelait l'opérateur de Billy pour voir ce qu'ils ont ?

– Pas si vite. Il faut un mandat pour ça.

Il a ouvert la voiture.

– Mon père pourra peut-être nous en obtenir un, on va voir.

Il était presque cinq heures quand je suis rentrée à la maison. J'étais contente de pouvoir aller et venir à ma guise. D'habitude, j'étais prisonnière de la salle de lecture. Maman exigeait que Perry et moi soyons là le plus souvent possible au cas où un client se présenterait, surtout l'été, quand on a le plus envie de profiter du beau temps. Mon travail pour la police me permettait de goûter à la liberté, et j'en profitais.

Gabriel m'a déposée et est reparti. En longeant le trottoir, j'ai aperçu un client qui sortait de chez nous. Tandis qu'il se rapprochait, je me suis rendu compte qu'il s'agissait en réalité de Phil Tisdell. Il marchait, voûté, les yeux rivés au bitume.

– Monsieur le secrétaire de mairie ! me suis-je exclamée pour le saluer. Comment allez-vous ?

Il m'a fait un petit signe de la main.

– Bonjour, Claire. À demain soir.

Je ne l'avais jamais vu si dépité. C'était plutôt le genre à rivaliser de jovialité avec le Père Noël. Au lieu de ses habituels vêtements froissés, il portait une chemise bleue repassée et un pantalon de ville. Et... était-ce du parfum que je sentais ?

– Demain soir ? ai-je répété, interloquée.

– Le banquet.

– Je ne vois vraiment pas...

Ma réponse a semblé le déprimer davantage. Il a soupiré.

– Le banquet annuel de la chambre de commerce d'Eastport. C'est demain soir. Starla m'a dit que tu l'accompagnais.

J'ai compris. Il venait d'inviter maman. Elle avait décliné, m'utilisant comme excuse. J'allais l'étrangler.

– Ah, c'est donc ça ? Je n'avais pas compris qu'il s'agissait d'un banquet. Je pensais que c'était une simple réunion. Est-ce que je dois mettre une robe ? Maman ne m'a pas prévenue que ce serait une soirée chic.

Les mensonges sortaient de ma bouche avec facilité, sans que j'aie besoin de forcer le trait. J'ignorais si Phil me croyait ou non ; il a bredouillé qu'on se verrait le lendemain puis a passé son chemin. J'ai déboulé dans la maison en pétard.

– Maman !

– Inutile de crier, chérie.

Elle est sortie de la cuisine vêtue d'une robe qu'on aurait dit faite des pires déchets d'une machine à coudre.

– Qu'y a-t-il de si urgent ?

– T'as fait ce truc toi-même ? ai-je demandé en désignant l'abominable chiffon.

Elle a tourné sur elle-même.

– En effet. C'est une robe bain de soleil en tapisserie. J'envisage d'en faire plusieurs et de les vendre en ligne. Bon, alors, pourquoi tu cries comme ça ?

– Je viens de croiser Phil Tisdell.

– Oh !

Je l'ai suivie dans la cuisine. Elle n'allait pas s'en sortir comme ça.

Notre cuisine était relativement moderne pour une maison aussi vieille. On l'avait fait refaire quelques années auparavant. Il y avait désormais un îlot central et de nouveaux appareils en inox. Maman avait tenu à ce qu'on peigne les placards en jaune poussin au motif que la cuisine était son « refuge ensoleillé ».

Sur la pointe des pieds, elle a attrapé un grand saladier perché sur une étagère.

– Je fais de la semoule. Tu en voudras ?

– Non, merci. Maman, tu lui as menti.

Elle farfouillait dans un tiroir.

– Tu aurais préféré que je le blesse dans son amour-propre ?

– Et tu m'as impliquée dans ton mensonge. Ce qui m'oblige à t'accompagner à ce banquet pour éviter de lui faire davantage de peine.

Elle continuait à faire mine de chercher quelque chose pour éviter mon regard.

– Est-ce que c'est si horrible de passer une soirée avec ta mère ?

– La question n'est pas là.

Je me suis préparée à lui balancer ma réplique suivante, que j'avais en tête depuis un bout de temps.

– Maman, tu ne peux pas passer ta vie à éviter les hommes qui s'intéressent à toi.

Là, elle a levé les yeux.

– Qu'est-ce que c'est censé vouloir dire ?

– Qu'est-ce qui cloche chez Phil ?

– Rien ne cloche chez Phil.

– Parfaitement. Il est agréable. Gentil. Raide dingue de toi. Plutôt mignon pour un mec de son âge. Les chauves, ça redevient à la mode.

– Claire, Phil est tout ça à la fois, et si je voulais une relation avec quelqu'un, c'est certainement lui que je choisirais. C'est un homme merveilleux. Mais tu sais très bien ce qu'il en est.

– Non, je ne sais pas. Il faut que tu m'expliques.

– La discussion est terminée.

Elle s'est penchée sur un livre de cuisine en faisant semblant de lire.

– Tu attends toujours le retour de papa.

– Tu peux m'attraper la farine, là, dans le placard du haut, s'il te plaît ?

Intérieurement, je tremblais ; je touchais une limite que je n'avais jamais osé franchir. Je me suis approchée d'elle et doucement, j'ai relevé son menton pour la forcer à me regarder en face.

– Maman, ça fait quinze ans. Il ne reviendra pas. Il ne rentrera jamais à la maison. On ne sait même pas s'il est en vie.

J'ai eu l'impression de l'avoir paralysée ; elle n'a pas bougé, n'a pas respiré, même quand j'ai lâché son menton. Puis une larme solitaire a roulé le long de sa joue et elle s'est enfuie.

Génial. Je n'avais plus qu'à lui offrir des fleurs pour notre super banquet.

Le lendemain matin, après m'être étirée, je suis allée prendre l'air à ma fenêtre. Inutile d'être extralucide pour voir l'orage qui se préparait. L'air était humide, et le ciel sombre.

J'avais reçu un message de Gabriel : son père avait obtenu un mandat. Je ne pouvais rien faire avant qu'on ait des nouvelles de l'opérateur téléphonique, alors j'ai décidé de prendre une douche et de voir si on avait des clients.

Une demi-heure plus tard, je trouvais maman dans la salle de lecture en train de cirer notre longue table en ébène. On ne s'était pas parlé depuis la veille, et je savais que nous n'allions pas reprendre notre conversation. Maman préférait gérer les situations difficiles en passant à autre chose, comme si rien ne s'était passé.

– Un peu de ménage avant un rendez-vous ? ai-je demandé.

Elle a secoué la tête.

– Si seulement. Notre premier rendez-vous est à onze heures. On aura peut-être un client imprévu si jamais quelqu'un est refroidi par la file d'attente qui s'étire devant chez Mme Maslov.

J'ai posé une main rassurante sur son épaule.

– Les affaires vont reprendre. Comme tu dis toujours, le bouche-à-oreille est la meilleure publicité dans notre métier. Dès que l'imposture de cette bonne femme sera de notoriété publique, les gens reviendront vers nous.

Elle s'est forcée à sourire. Je m'en voulais de ce que je lui avais dit la veille. Elle n'avait pas besoin de ça en plus de ses soucis professionnels.

– Va réveiller ton frère, tu veux ? Il est vraiment paresseux cette semaine.

Si seulement elle savait.

Direction l'étage et la chambre de Perry.

Je cherchais par quel moyen cruel le réveiller quand j'ai entendu la douche. Mince. Il était déjà debout. Je suis allée l'attendre dans sa chambre où régnait le désordre le plus complet. Sol jonché de fringues. Pile d'assiettes sur la table de chevet. Bouteilles vides en plastique par terre. Décidée à faire un peu de ménage, j'ai ramassé un tas de livres pour les poser sur l'étagère au-dessus de son bureau, quand une feuille a glissé sous mes doigts et a atterri sous le lit. À quatre pattes, je l'ai récupérée, et c'est alors que j'ai manqué m'étouffer.

Victoria Happel me souriait.

Elle avait l'air heureuse sur cette photo. Le visage lumineux, elle levait son verre pour porter un toast, et souriait de toutes ses dents, prête à éclater de rire. Ce moment de vie capturé sur pellicule me la rendait plus vivante, plus réelle que le cliché de mauvaise qualité reproduit dans les journaux ou la silhouette dénudée furtivement aperçue dans mes visions.

J'en avais mal au cœur. Trahie par son petit copain et sa meilleure amie, elle s'était payé des vacances pour oublier ses problèmes et avait fini assassinée.

Au-dessus de la photo s'étalait un bandeau qui disait : AVEZ-VOUS VU CETTE FEMME SAMEDI SOIR ? En plus petit suivaient des instructions pour contacter la police. Mais ça ne ressemblait pas à une affichette officielle. L'écriture était manuscrite. On avait collé cette photo sur un papier avant d'en faire des photocopies.

– Je peux savoir ce que tu fais ?

Surprise en position accroupie, je suis tombée sur le derrière ; l'affichette m'a échappé des mains pour atterrir sur les pieds de Perry. Il avait une serviette autour de la taille et les cheveux humides.

– Je voulais juste ranger un peu et j'ai trouvé…

– Tu fouillais dans ma chambre.

– Mais non ! J'ai ramassé la pile de livres, là, et ce truc est tombé.

– Bref. Peu importe. Faut que je m'habille.

Du pouce, il m'a fait signe de vider les lieux. Je me suis levée.

– C'est toi qui as fait ce flyer ?

– Non, je l'ai trouvé sur un poteau près du *Miam-Miam*.

J'ai incliné la tête.

– Pourquoi tu l'as arraché ?

– Quelqu'un pourrait se présenter au poste en disant que je suis parti avec elle ce soir-là.

– Ou alors quelqu'un pourrait se présenter avec des renseignements concernant le tueur.

Il a baissé la tête.

– Je n'y avais pas pensé.

– Comment se fait-il que je n'aie vu aucune de ces affichettes ?

Il a levé vers moi un regard empreint de culpabilité.

– Attends...

J'ai réfléchi.

– Le soir du feu d'artifice. Tu étais introuvable toute la journée. Tu as fait le tour de la ville pour les arracher.

Il s'est assis au bord de son lit. L'heure des aveux avait sonné.

– Dans le mille.

– Tu te rends compte à quel point ton comportement est louche ? Et si quelqu'un t'avait vu ?

– J'ai fait gaffe.

– Perry, je fais tout ce que je peux pour t'aider, mais tu t'enfonces dans le pétrin, là.

Ce qu'il pouvait m'agacer ! Dès que je réussissais à faire taire mes doutes quant à son innocence, ils revenaient au galop.

Les coudes sur les genoux, il se frottait le visage.

– Je ne sais pas où j'avais la tête. Désolé.

Mon portable a sonné.

– O.K. Bon, c'est Gabriel. À plus. Essaie de ne pas te rendre encore plus suspect en mon absence.

Après avoir fermé la porte derrière moi, j'ai décroché, en espérant que cette histoire de signaux avait donné quelque chose et qu'on avait repéré Billy.

Des parasites brouillaient la ligne.

– ... les bois... que tu viennes. Je vais passer te prendre.

– Quoi ?

J'ai appuyé le téléphone plus fort contre mon oreille, comme si ça allait m'aider.

– Je n'ai pas compris.

– Ils l'ont retrouvé, a crié Gabriel.

– Billy ? Et alors, qu'est-ce qu'il dit ?

– Pas grand-chose. Il est mort.

XV

Évidemment, les gouttes ont commencé à tomber quand j'ai mis le pied dehors. J'ai couru jusqu'à la Jeep de Gabriel. Heureusement, la capote était déjà installée. La pluie s'est mise à battre le pare-brise, et les essuie-glaces à grincer.

Sur le trajet, Gabriel m'a expliqué que, selon la compagnie téléphonique, le portable de Billy Rawlinson émettait depuis le parc national. Étant donné les hectares de forêt et les kilomètres de pistes de randonnée, il aurait pu falloir des jours pour passer la zone au peigne fin. Mais par chance, ils avaient trouvé Billy dès le début de leurs recherches, sur un chemin de terre qui coupait à travers le parc.

Un éclair a déchiré le ciel, suivi d'un coup de tonnerre dans le lointain. À notre arrivée, la pluie était si drue qu'on voyait à peine à travers les vitres. Gabriel a tourné à droite en entrant dans le parc pour emprunter le chemin de terre. Il s'est garé derrière une voiture de patrouille ; j'ai distingué la silhouette d'un homme au volant.

– C'est ton père ?

– Ouais. Tous les autres sont partis. Il a promis de nous laisser cinq minutes. Il appellera le médecin légiste quand tu auras fini.

– Tu veux dire que... que Billy est toujours dans la voiture ?

– Hum.

Je n'avais jamais vu de cadavre, et malgré la nature quelque peu morbide de notre activité familiale, cette perspective me faisait flipper. J'ai ravalé ma peur et rassemblé tout mon courage. Après quelques profondes inspirations, je me suis redressée, bien déterminée à faire face.

Le pick-up gris de Billy barrait la route. Avec toute cette pluie, la scène de crime avait dû être saccagée. Mon don allait s'avérer d'autant plus précieux. Gonflée à bloc, j'ai pris mon parapluie et suis sortie sous l'orage.

Gabriel m'a prise par le coude pour m'aider à avancer dans la boue.

– Les pistes sont minces. La pluie a effacé toute trace de pas. On ne sait même pas s'il y avait un autre véhicule. Pas d'arme. Pas de traces de lutte. Après l'autopsie, la balistique comparera la balle à celle de la première victime. À part ça...

– Je vais voir ce que je peux faire.

Billy était assis au volant. Je n'étais pas médecin légiste, mais je pensais pouvoir dire que la mort avait été causée par la balle qu'on lui avait logée dans le front.

Même si je n'avais jamais vu de cadavre en vrai, j'en avais vu beaucoup à la télé, et, étonnamment, Billy leur ressemblait ; on aurait dit un acteur qui faisait semblant d'être mort. Mais Billy n'était pas un acteur. Il était quelqu'un que j'avais connu presque toute ma vie, que j'avais détesté, et nul doute qu'à certains moments, exaspérée par ses moqueries, j'avais dû souhaiter sa mort. Mais face à son cadavre, je n'éprouvais aucune joie. J'étais triste. Triste pour ses parents. Et pour Frankie aussi, curieusement.

J'ai tendu mon parapluie à Gabriel, resté derrière moi, qui m'observait avec gravité.

Lentement, j'ai fait le tour du véhicule pour grimper sur le siège passager. J'avais du mal à me concentrer. Il fallait que j'oublie que j'étais assise à côté d'un cadavre. J'ai posé les mains aux endroits susceptibles d'avoir été touchés par un passager : ceinture de sécurité, habillage en cuir craquelé, tableau de bord. Rien.

– Je crois qu'il était seul, ai-je dit à Gabriel par la portière ouverte.

Contrariée, je suis retournée du côté de Billy, en m'efforçant de faire abstraction de sa présence. Rien de pertinent ne m'est parvenu jusqu'à ce que je me penche au-dessus de lui et place mes mains à dix heures dix sur le volant...

– Je vois Billy en train de conduire, ai-je chuchoté à Gabriel.

– Sur ce chemin ?

– Je ne sais pas. C'est brumeux. Mais ses pensées sont claires.

– À quoi il pense ?

J'ai fermé les yeux pour retenir ma vision le plus longtemps possible.

– Il se réjouit à l'avance de quelque chose, et en même temps, il a peur. Il se dit que ça peut marcher, mais qu'il y a autant de chances pour que son plan lui pète à la figure.

J'ai continué à me concentrer, en silence.

– Et maintenant ? a demandé Gabriel. Il pense à quoi ?

– À ses parents. À la déception qu'il doit être en tant que fils.

La vision s'est dissipée. J'ai lâché le volant et reculé d'un pas. Mon rythme cardiaque est revenu à la normale.

– Qu'est-ce que ça veut dire, d'après toi ?

Gabriel s'est frotté le menton.

– Je crois qu'il essayait de faire chanter l'assassin. Mais le tueur a pris les choses en main et fait taire Billy à jamais.

La pluie s'est calmée un peu, mais la brume épaisse qui venait de tomber donnait aux bois une allure inquiétante. N'importe quoi, ou n'importe qui, aurait pu se cacher dans cette immensité grise.

Une brindille s'est brisée d'un coup sec derrière nous. Gabriel s'est retourné pour scruter les arbres avant de hausser les épaules.

– Allez, nos cinq minutes se sont écoulées. Il faut qu'on y aille.

Un autre bruit sec a retenti, pas aussi fort, mais suivi de bruissements. Mon sang s'est glacé.

– On nous observe, a dit Gabriel avant de foncer vers le bois.

Je l'ai suivi à l'aveugle, bras en avant pour ne pas me cogner contre un tronc. Dans le brouillard, je n'ai pas tardé à perdre Gabriel de vue. Je ne voulais pas m'aventurer seule dans les bois, alors j'ai fait demi-tour jusqu'au chemin de terre. Au moment où je commençais à distinguer le pick-up, la pluie a redoublé. Je progressais en regardant par terre pour éviter de trébucher sur une racine ou une branche.

En apercevant une empreinte au pied d'un arbre, que la pluie était en train d'effacer, je me suis figée. Une personne s'était-elle tenue là quelques minutes auparavant ? Cachée derrière l'arbre ? Pour nous épier ?

J'ai posé une main sur l'écorce détrempée du tronc et fermé les yeux. Une vision a émergé. Miroitante, comme si je regardais à travers un rideau de pluie. Après un effort de concentration, la netteté s'est améliorée. Je n'en revenais pas.

C'était moi que je voyais.

Je me penchais dans le pick-up et posais les mains sur le volant.

Prise d'un frisson incontrôlable, je n'ai pu retenir ma vision. J'ai vivement retiré ma main du tronc comme si j'avais touché quelque chose de dégoûtant.

Quelqu'un m'avait observée. Cette personne savait désormais que j'étais impliquée dans l'enquête.

J'ai entendu un halètement derrière moi et fait volte-face. Après un dérapage dans la boue, Gabriel s'est penché en avant pour récupérer son souffle.

– J'ai fait un grand tour, mais je n'ai vu personne. C'était peut-être mon père sorti fumer une cigarette.

– Mais ton père ne serait pas parti en courant.

J'ai songé à lui raconter ma vision, mais à quoi bon ? Notre espion avait décampé depuis longtemps. Et puis, Gabriel risquait de ne pas me croire et de me gratifier d'une de ses remarques insidieuses. Et s'il me croyait, il voudrait peut-être m'éloigner de l'enquête pour me protéger. Or, je refusais d'abandonner. Il en allait de la vie de mon frère.

– Tu sais quoi ? a dit Gabriel. C'était sûrement un animal. Oui, c'est ça, un chevreuil.

Ou un chasseur.

Le banquet annuel de la chambre de commerce était surtout l'occasion pour les commerçants d'Eastport de se congratuler mutuellement et pour leurs femmes de se mettre sur leur trente et un et de cancaner.

Maman et moi sommes arrivées légèrement en retard, comme il se doit. Je portais une petite robe noire toute simple. Celle de maman était blanche et ornée de dentelle – ce qui était acceptable, comparé aux horreurs qui peuplaient sa penderie. Elle s'est aussitôt mêlée à la foule, espérant certainement récolter des ragots sur Mme Maslov. Je me suis assise à ma place, planquée derrière un grand verre d'eau citronnée.

– Je peux ?

J'ai levé les yeux et souri à Nate. Il faisait plus âgé dans son pantalon en toile et sa chemise rayée.

– Bien sûr.

Il s'est assis et a posé son petit carnet à côté de son verre de soda.

– T'as décroché le pompon ! C'est toi qui couvres la soirée ?

Il a souri.

– Les vrais reporters sont envoyés sur les grands événements ; les stagiaires, au banquet annuel de la chambre de commerce. Tu ne te prêtes pas au jeu des mondanités, comme ta mère ?

Par-dessus son épaule, j'ai aperçu maman et Milly twister au son de l'orchestre.

– Non, je préfère garder ma place au chaud.

– Et Perry, il fait quoi ce soir ?

– Je n'en sais rien. Je ne l'ai pas vu.

– Il est distant, je trouve, en ce moment.

– Vous désirez une boisson ?

Cette voix exaspérante m'était familière. Tiffany s'est penchée pour déposer des petites serviettes en papier sur la table, toute poitrine dehors – la discrétion n'était pas son fort. Nate ne lui a même pas accordé un regard, ce qui a eu l'air d'agacer notre serveuse. Tous ces efforts pour rien...

– Que fais-tu là ? ai-je demandé.

– Je connais le traiteur. Je lui file un coup de main.

– Toi, rendre service à quelqu'un ? Non, je n'y crois pas !

Sur ces mots, elle est partie.

– J'espère que tu n'avais plus soif, ai-je dit à Nate.

– T'inquiète, j'irai me servir au bar. Donc, Perry.

– Je ne sais pas ce qui ne va pas. Il a peut-être besoin de ça, ai-je plaisanté en désignant Tiffany qui s'éloignait.

– Il y a déjà goûté, a répondu Nate.

J'ai failli recracher mon eau.

– Perry s'est tapé Tiffany ?

– Ouais, à une fête, il y a quelques mois.

Écœurant. Je ne sais lequel des deux, de Perry ou Tiffany, me dégoûtait le plus. Il ne me racontait jamais ses soirées en détail, et heureusement, mais là, il aurait pu m'en parler.

Nate a bu le reste de son Coca d'un trait.

– Perry a déconné avec pas mal de nanas, mais elle, franchement, c'est la pire. C'est la seule qu'il regrette.

– Comment ça se fait ?

– Tiffany a un peu pété les plombs quand elle a vu que Perry ne la rappelait pas. Disons qu'elle l'a gentiment harcelé...

C'était donc après qu'elle avait posé ses sales pattes sur Justin. Cette nuit avec Justin n'était pas le meilleur moyen qu'elle avait trouvé pour me faire enrager, mais une façon d'atteindre mon frère.

– Après ça, Perry s'en est tenue aux touristes, a précisé Nate.

– Ouais, plus facile de les éviter, j'imagine.

– En tout cas, elles savent que c'est du temporaire. À la fin des vacances, c'est : au revoir, peut-être à l'été prochain.

– Et pourquoi tu ne t'amuses pas, comme lui ?

– Parce que précisément, ça ne m'amuse pas. J'aimerais une relation plus sérieuse.

J'ai ramassé une miette sur la nappe.

– Ce dont Perry aurait bien besoin, je pense. Quelqu'un de stable pour lui éviter les ennuis.

– Parce qu'il a des ennuis ?

Son inquiétude me touchait. Si je pouvais confier ce que je savais à quelqu'un, c'était bien au meilleur ami de Perry.

– La fille qu'on a assassinée...

– Victoria Happel ?

– Oui. Perry a couché avec elle le soir où elle est morte.

Nate s'est affalé contre le dossier de sa chaise.

– Pas possible.

J'ai baissé d'un ton.

– Tu comprends bien que tu ne peux en parler à personne, hein ? Même pas à Perry. Personne ne doit savoir qu'il était là-bas ; sinon il deviendra le suspect numéro un.

– Mais... il a des infos sur le meurtre ?

– Non. Quand il est parti du motel, elle était encore en vie. C'est pour ça qu'il déprime. Il culpabilise. Il se dit que s'il était resté, il aurait pu la sauver.

– Oui, ou alors lui aussi serait mort.

J'ai acquiescé en tortillant nerveusement une mèche de cheveux. Je ne lui disais pas tout : Perry avait aussi arraché toutes les affichettes qu'il avait trouvées en ville ; l'esprit de Victoria avait accusé Perry d'être l'assassin ; et moi-même j'en étais venue à douter de son innocence.

Milly s'est assise sur la chaise à côté de moi.

– Alors, vous avez vu la vieille Milly user le parquet de la piste de danse ?

– J'allais justement chercher à boire au bar, a dit Nate, un peu mal à l'aise. Je vous rapporte quelque chose, mesdames ?

Milly lui a demandé un verre d'eau fraîche.

J'ai écouté Milly évoquer le bon vieux temps, les bals qu'elle fréquentait. Il fallait que je me trouve une porte de sortie, sans quoi elle me tiendrait la jambe toute la soirée.

– Salut, Claire, m'a lancé Stephen Clayworth en passant près de nous.

Il portait un blazer avec des armoiries brodées sur la pochette. J'ai bondi de mon siège.

– Stephen ! Justement, je voulais te voir !

– À quel sujet ? a-t-il demandé, interloqué.

Je l'ai pris par le coude pour l'éloigner un peu de la table.

– Il faut que j'échappe à une conversation, ai-je murmuré.

– Ah, alors je ne suis qu'un prétexte.

– Désolée.

Il a jeté un œil vers la table de ses parents. Dallas Clayworth serrait des mains tandis que son épouse affichait un sourire figé.

– Sympa, ce banquet, a dit Stephen. Ça change du bla-bla politique et des discours lèche-bottes.

Entre l'enquête et le souci que je me faisais pour Perry, j'avais oublié qu'une campagne électorale battait son plein. Mais toute la vie de Stephen tournait autour. Cela dit, j'étais surprise qu'il en parle en termes aussi négatifs.

– Je croyais que c'était ton truc, pourtant ? Tu as ça dans le sang.

– Je sais que je ferai carrière dans la politique. Mais pour l'instant, ça m'écœure. J'entre à la fac dans deux mois, et mettre de la distance entre mes parents et moi me fera le plus grand bien.

Stephen était donc un peu plus sensé que je ne l'avais cru. Et apparemment, il m'avait pardonné le scandale des examens de fin d'année.

– Ravi d'avoir échangé quelques mots avec toi, a-t-il conclu, sur le point de partir.

J'ai posé une main sur son bras pour le retenir.

– Stephen ?

– Oui ?

– Euh... Pourquoi tu ne me détestes pas ?

– Quoi ?

– De t'avoir dénoncé. Quand tu as triché aux exams.

– Je t'en voulais au début, mais j'ai fini par te comprendre. J'ai cherché des noises à ton frère, tu m'as rendu la monnaie de ma pièce. La famille avant tout, c'est un principe que je respecte.

L'orchestre, à la fin de sa chanson, a annoncé une petite pause.

– C'est l'heure de retrouver mes parents. Mon père va faire un discours. À plus tard.

Je me suis appuyée au mur le plus proche pendant que les discours ennuyeux comme la pluie s'enchaînaient. Maman est venue me retrouver, flûte de champagne à la main.

– Je sais, c'est une honte, hein ? m'a-t-elle chuchoté à l'oreille.

– De quoi tu parles ?

Elle a désigné la table derrière elle. Phil Tisdell était assis à côté d'une femme en robe portefeuille violette, cheveux bruns retenus par une barrette. Son visage anguleux avait une expression sévère ; je ne la trouvais pas très jolie. C'est alors que je me suis rendu compte que c'était Mme Maslov. Je l'avais vue en photo dans le journal, mais jamais en vrai. Phil lui a murmuré quelque chose au creux de l'oreille, et elle a ri en rejetant sa tête en arrière.

– Elle rit comme une vieille sorcière ! a dit maman.

– Mais dis-moi, tu serais jalouse ?

Elle s'est raidie.

– Pas le moins du monde. Phil me déçoit, c'est tout, je pensais qu'il avait meilleur goût.

– Ils sont venus ensemble ?

– Oui, a-t-elle répondu, l'air abattu.

– Maman, Phil ne peut pas passer sa vie à t'attendre. À force de se faire éconduire, c'est bien normal qu'il tente sa chance ailleurs.

– Un conseil que tu ferais bien de suivre, a-t-elle lâché avant de me planter là.

Mr et Mme Spellman s'approchaient de l'estrade, suivis de Justin. Ses cheveux blonds commençaient à être longs, il a dégagé une mèche de devant ses yeux. J'avais passé mes mains dans ces cheveux, senti leur douceur, leur odeur d'iode après la baignade.

Mme Spellman a embrassé son mari. Justin lui a serré la main. Ils sont retournés à leur place. Tandis que le discours du maire commençait, Justin a scruté la foule. Quand ses yeux m'ont trouvée, j'ai senti qu'il n'écoutait pas un mot de ce que son père disait.

J'ai avalé un verre d'eau et me suis réfugiée aux toilettes. Penchée au-dessus du lavabo, je me suis concentrée sur ma respiration. Ne pense pas à lui. Inspire. Expire. Voilà.

La porte s'est ouverte. Pourvu que ce ne soit pas ma mère. Bien pis : c'était Tiffany.

– Tiens, tiens. Tu es en train de manquer le grand discours, je te signale.

– Je ne suis pas d'humeur, Tiffany.

Elle fusillait du regard mon reflet dans le miroir. Je me suis retournée.

– Qu'est-ce que tu veux ?

– Je me demandais... comment se fait-il que tu n'aies aucune amie, Claire ?

– Mais... j'ai des amis.

– Ton frère et Nate Garrick ? Voyons, ça ne compte pas.

Avant que je puisse répondre, elle s'est avancée vers moi.

– Je vais te dire pourquoi. Parce que tu es une garce doublée d'une tête de mule, et tu te crois mieux que tout le monde.

– C'est faux, et tu le sais. Au cas où tu n'aurais pas remarqué, les gens ne sont pas franchement sympas avec moi...

– Oh ! je t'en prie. Tu n'as jamais fait le moindre effort. Tu t'accroches à ton frère, à ses copains, à son boulot. Tu n'as pas de vie à toi. Je vais te dire : avant, tu me gonflais, mais maintenant, tu me fais pitié.

Elle m'a asséné une dernière méchanceté avant de s'enfermer dans un cabinet.

– Claire Fern, tu es la personne la plus seule que j'aie jamais rencontrée.

XVI

Je n'avais pas de copines, et ce n'était pas nouveau. Certes, ça m'embêtait, mais j'évitais de trop y penser. Je n'en avais pas besoin, de toute façon. J'avais déjà Perry. Nate. Des livres, de la musique, et l'océan où me plonger. Un avenir qui me tendait les bras. Des copines, je m'en ferais à l'université, où personne ne me connaîtrait. Voilà les idées réconfortantes auxquelles je me raccrochais dans mes moments de solitude.

En revanche, j'acceptais mal que Tiffany Desposito m'interpelle sur la question, que d'autres personnes parlent de ma solitude, ou s'en servent comme sujet de moquerie. Tiffany et sa clique étaient précisément la raison pour laquelle je ne pouvais me faire d'amis : toute personne qui aurait tenté une approche amicale aurait subi les railleries de leur groupe. De quoi refroidir même les plus téméraires de l'école.

Je me sentais seule. J'enrageais. En temps normal, en proie à ce genre de sentiments, j'allais trouver Perry.

Un peu plus tard, toujours sous le choc de cette discussion avec Tiffany, je franchissais le seuil du *Miam-Miam*, une bonne alternative à ce banquet assommant.

Je me suis installée au bar, à distance des autres clients, et j'ai commandé un sundae chocolat. Mon projet était de rester assise là à me goinfrer jusqu'à oublier cette affreuse journée. Oublier que j'avais vu un cadavre. Que ma mère s'était servie de moi. Que Perry avait fait disparaître ces fameuses affichettes, et s'était une fois de plus comporté de façon suspecte. Que les mots de Tiffany m'avaient blessée uniquement parce qu'ils reflétaient la vérité. Que l'enquête n'allait nulle part. Par-dessus tout, je voulais oublier ce que j'avais ressenti en voyant Justin au banquet. Si seulement j'avais pu faire disparaître mes sentiments pour lui d'un coup de baguette magique...

Je m'offrirais peut-être une petite lobotomie un de ces quatre. Mais pour l'instant, j'allais m'empiffrer.

– Alors, c'est quoi, ton excuse ?

Décidément, même ici on ne me laisserait pas tranquille. En pivotant légèrement, je me suis retrouvée face à Gabriel, qui tenait un verre à la main.

– Mon excuse ?

– Tu regardes ta coupe de glace comme si c'était ta seule amie au monde. Enfin, moi aussi, j'ai une excuse pour être venu ici tout seul.

– On peut savoir laquelle ?

– Aujourd'hui, mon père s'est fait passer un savon par le maire parce que l'enquête n'a pas progressé d'un pouce. C'est sa première affaire depuis qu'il est là, et non seulement il n'a rien résolu, mais le nombre de morts a doublé.

Il a aspiré avec sa paille.

– À ton tour.

– Je me planque de tous ceux que je connais.

– Le banquet s'est mal passé ?

– Comment tu sais que j'y étais ?

Il a coulé un regard le long de mes jambes.

– En général, les filles ne s'habillent pas comme ça pour une soirée au *Miam-Miam*.

J'avais oublié. J'ai tiré un peu sur le bord de ma robe.

– Pourquoi tu es venu là ? ai-je demandé.

– Mon père bosse non-stop, il n'y a même pas de quoi se faire un repas à la maison. Je venais de passer ma commande au comptoir quand je t'ai aperçue. Je peux te tenir compagnie ? On n'est pas obligés de parler de l'enquête.

J'ai pris une cuillerée de glace.

– Ça m'éviterait pourtant de penser à d'autres trucs.

Gabriel s'est assis.

– Ce Justin Spellman t'en a fait baver, hein ?

Je lui ai lancé un regard noir.

– Bien, bien, revenons à l'enquête.

– Du nouveau sur Billy ?

– Pas encore. Ils vont comparer la balle à celle qui a tué la première victime. C'est la seule piste dont on dispose pour l'instant.

– Et Joel Martelli et sa voiture volée ?

– Il s'avère qu'il l'a plus ou moins empruntée à une fille de Boston, avec laquelle il trompait également la victime. La fille n'a pas voulu porter plainte, alors comme on n'avait rien contre lui, on l'a laissé partir.

Il a secoué la tête.

– La victime savait vraiment les choisir, hein ?

– Pourquoi tu fais toujours ça ?

– Ça quoi ?

– Tu l'appelles toujours « la victime ». Elle avait un prénom, tu sais. Victoria. Je ne t'ai pas entendu le prononcer une seule fois. Pourquoi ?

Il a rougi avant de détourner le regard. Qu'est-ce qui lui arrivait ? Était-il gêné que je le reprenne ? Ou en colère ?

– Et toi ? a-t-il dit en changeant de sujet. Tu as capté autre chose ?

Il a mimé des guillemets en disant « capté », ce qui m'a mise en colère.

– T'es en train de te foutre de moi, là ?

– Mais non. Pourquoi t'es autant sur la défensive ?

– Je ne suis pas sur la défensive. Et je te signale que je n'ai aucune raison de l'être : je suis la seule à avoir fait avancer l'enquête. C'est moi qui ai remarqué le trou au plafond sur la scène de crime. Moi qui ai fait parler Joni. Moi qui ai trouvé le mot de Billy.

Gabriel a pincé les lèvres.

– Pourtant tu ne dois rien de tout ça à ton prétendu don. Tu es intelligente et tu t'es servie de ton bon sens, voilà tout.

J'ai lâché ma cuillère sur le comptoir. Je n'en revenais pas qu'il me sorte une crasse pareille. Il me prenait encore pour la reine de l'imposture. J'avais envie de pleurer. Et de lui en coller une.

Au lieu de quoi je suis sortie.

Le parking était pratiquement désert à cette heure de la nuit. Une fine bruine gouttait sur ma peau. Même si attendre un taxi dans ces conditions n'était pas idéal, il était pourtant hors de question que je retourne à l'intérieur.

– Claire !

– Laisse-moi, Gabriel.

– Je suis désolé.

– Rentre, laisse-moi, je te dis.

– Je t'en prie, écoute-moi.

Il m'a prise par les épaules pour me forcer à le regarder. Une goutte de pluie roulait le long de sa joue. Ses yeux m'imploraient, au supplice.

– Je ne suis qu'un imbécile.

J'ai acquiescé lentement.

– Hum, vas-y, continue.

– Je ne sais pas pourquoi j'ai dit ça. Enfin, si, je sais. Je n'aime pas la façon dont ta famille gagne sa vie. Mais je m'en veux de te blesser, crois-moi. Tu es quelqu'un de bien, et je... t'apprécie. Plus que je ne devrais.

Là, il m'en bouchait un coin.

– Je suis désolé de t'avoir dit ça. C'est... ça a un rapport avec mon passé...

Je m'attendais qu'il poursuive son explication, mais il m'a embrassée. Un vrai baiser. Personne d'autre que Justin ne m'avait embrassée. Une chance qu'il m'ait tenue par les épaules, parce que j'ai senti mes genoux se dérober sous moi. Ses mains hésitantes se sont glissées vers le bas de mon dos. Ma bouche s'est ouverte sous la sienne, pendant qu'en gémissant il m'attirait tout contre lui.

Et là, une voiture a klaxonné.

J'ai reculé d'un pas et tourné la tête. Maman. Pile à l'heure pour gâcher cet instant précieux – ce devait être la vengeance à laquelle j'avais droit pour l'avoir abandonnée au banquet.

Elle a baissé sa vitre.

– Je te ramène ou quelqu'un d'autre s'en charge ?

J'ai râlé, mais mieux valait que je rentre avec elle. Si je restais là, d'autres baisers s'ensuivraient, et je ne savais pas si j'en avais envie. Gabriel avait beau être un garçon canon et torride, il semblait aussi détester ce que j'étais.

– À plus, ai-je lancé avant de me glisser sur le siège passager.

Maman a haussé un sourcil en sifflant. Je lui ai mis un coup de coude dans les côtes.

Malgré le léger mal de tête avec lequel je me suis réveillée le lendemain, j'avais toujours un petit sourire accroché aux lèvres. Le baiser de Gabriel m'avait surprise, tout autant que ma façon d'y réagir. Je n'arrivais pas à faire le tri dans mes émotions. Même si Gabriel soufflait le froid et le chaud, même si mes sentiments pour lui étaient contradictoires, je devais admettre que j'aimais être proche de lui. Le baiser de la veille me disait qu'il éprouvait la même chose.

Je me suis traînée jusqu'à la salle de bains et j'ai avalé deux comprimés avec un grand verre d'eau. Une douche me ferait le plus grand bien.

Une demi-heure plus tard, j'avais enfilé un short camel et un tee-shirt vert à col V. J'ai mis un peu de rouge à lèvres rose pastel et une crème antifrisottis dans mes cheveux fous. L'humidité était une chose terrible pour les filles comme moi. Je serais bien plus jolie si je vivais dans le désert.

Impatiente de revoir Gabriel, j'espérais qu'il aurait du boulot pour moi. Je me demandais si on allait parler du baiser ou faire comme si rien ne s'était passé. Mais aucun message sur mon téléphone. Prise d'une soudaine envie d'un petit-déjeuner pas très sain, j'ai décidé d'aller à pied à la supérette me chercher un donut.

J'ai attrapé mon sac, sans pouvoir mettre la main sur mes clés. Je les lançais toujours sur le plan de travail de la cuisine en rentrant et me rappelais vaguement avoir fait ce geste la veille. Mais j'avais encore l'esprit embrumé par ce baiser inattendu, alors je les avais peut-être mises ailleurs par mégarde.

On a sonné. J'ai abandonné mes recherches pour aller ouvrir, en prenant soin de me pomponner au passage, au cas où ce serait Gabriel. Je suis alors tombée sur la personne à laquelle je m'attendais le moins.

– Je m'appelle Olga Maslov, a dit Mme Maslov avec un fort accent russe.

– Je sais qui vous êtes. Que puis-je faire pour vous ?

Elle a penché la tête sur le côté en fermant les yeux.

– Vos clés sont par terre.

– Comment saviez-vous que…

D'un coup, elle a rouvert les yeux.

– Ce n'est pas la raison pour ma présence. Ma présence ici pour vous avertir.

Elle a regardé par-dessus mon épaule, sûrement pour voir si j'étais seule.

– M'avertir de quoi ?

– Vous êtes en danger.

– Est-ce que vous pouvez être un peu plus précise ?

– Pas encore. Mais je vous le répète : en grand danger.

Je venais de comprendre son manège.

– Ah ! laissez-moi deviner. Vous voulez que je quitte la ville pour me protéger ?

Elle a fait un grand sourire.

– Oui, c'est plus sage.

– Avec mon frère et ma mère, c'est ça ? Pour vous laisser tous les clients, en pleine saison ?

Elle a froncé les sourcils et secoué la tête.

– Non, non, je me moque des affaires et de la concurrence. Je dis ça pour votre bien.

– Mais bien sûr, ma bonne dame.

J'ai voulu refermer la porte, mais elle l'a retenue avec une force qui m'a prise de court.

– Il faut me croire, a-t-elle murmuré.

Puis, l'air déçu, elle est partie. Je l'ai observée s'éloigner avant de fermer la porte. Quelle tarée ! Elle voulait nous effrayer pour récupérer toute la clientèle, rien de plus. Et c'était une arnaqueuse, avec ça.

Je suis retournée vers le plan de travail, où j'étais persuadée d'avoir jeté mes clés. Je les avais peut-être lancées trop fort. À quatre pattes, j'ai vu le métal étinceler sous le réfrigérateur. Je les avais balancées et elles avaient glissé.

Par terre.

XVII

J'ai chassé de mon esprit l'avertissement de Mme Maslov et sa prédiction au sujet de mes clés. Le donut n'a pas fait long feu sur le chemin du retour. En rentrant, j'ai trouvé maman dans la cuisine qui se faisait griller un bagel.

– Tu en veux un ? Il y en a plein.

– Non, ça va. Je viens de m'enfiler un donut.

– Donc..., s'est-elle lancée, sur un ton lourd de sous-entendus.

Je savais ce qu'elle avait en tête.

– Non, maman, je ne veux pas en parler.

Elle a chantonné en se déhanchant en rythme.

– Claire a un amoureux-euh, Claire a un am...

– Claire va piquer une crise si tu n'arrêtes pas tout de suite.

– Bon, bon, ça va.

Elle a tartiné son bagel de beurre de cacahuètes.

– Perry est là ?

– J'ai entendu la douche tout à l'heure, il ne devrait pas tarder à descendre.

J'ai pensé à la dernière fois que je lui avais parlé, quand j'étais tombée sur l'affichette de Victoria dans sa chambre. Ça n'était pas la grande forme. Je me faisais du souci pour lui. Nate aussi. Et je me suis rendu compte que maman allait s'en faire aussi si, à tout hasard, elle lisait mes pensées.

– Je sors sur la loggia !

Malheureusement, elle m'a suivie.

Assise sur un vieux fauteuil en rotin, je me suis concentrée sur la chaleur, les voitures qui passaient, la fille qui promenait son chien, tout ce qui pouvait m'empêcher de penser à Perry, tandis que maman m'observait en grignotant son bagel.

– Tu crois vraiment que je ne suis pas déjà au courant ?

Mince.

– Tu l'as lu dans mes pensées ?

– Non, tu t'en es très bien tirée jusqu'à maintenant. On ne peut pas en dire autant de ton frère. Il essaie de ruminer ses idées noires en cachette, mais il ne pense qu'à ça.

– Pourquoi tu n'as rien dit ?

– J'ignorais que tu étais au courant, et puis, je ne savais pas comment réagir.

– Qu'est-ce qu'il devrait faire, à ton avis ?

– Parler à la police.

– Mais pourquoi ? Il serait leur suspect numéro un !

– Et s'il ne dit rien et que les enquêteurs le découvrent malgré tout, ça le rendra encore plus coupable à leurs yeux que s'il s'était livré de plein gré.

– La police ne découvrira peut-être rien.

– Et toi, tu n'es pas dans l'obligation de le leur dire ? Tu travailles pour eux, maintenant.

– Il ne s'agit pas d'une collaboration officielle. Et puis, je peux tout à fait les aider sans sacrifier mon frère.

– S'ils viennent à le découvrir, tu pourrais te retrouver dans leur collimateur.

– Je m'en fiche.

Elle a posé son assiette sur la balustrade et m'a prise par les épaules.

– Je refuse que mes deux enfants aillent en prison à cause d'un mensonge. L'honnêteté est la seule solution.

– Maman, personne n'ira en prison, ai-je dit sans en être convaincue.

Un crissement de pneus a attiré notre attention. La Jeep de Gabriel s'est arrêtée dans l'allée. Mon cœur s'est emballé. Il ne vient peut-être pas pour le travail, mais pour me voir, pour reprendre notre baiser interrompu...

Malheureusement, une voiture de patrouille s'est garée derrière la sienne.

– Qu'est-ce qui se passe ? a demandé maman.

Je n'en savais rien. Gabriel est descendu de voiture, l'air sombre. Pas d'embrassades en perspective. Et s'il avait eu du boulot à me confier, il ne serait pas venu avec du renfort.

Il a gravi les marches du perron pour venir se planter directement devant moi.

– Je suis désolé.

Je ne comprenais pas.

– À quel propos ?

Derrière nous, Perry a passé la tête par la porte.

– Qu'y a-t-il ?

Gabriel a fait un pas de côté pour laisser passer son père.

– Periwinkle Fern, je vais vous demander de nous suivre.

XVIII

Je me suis mise en travers du chemin de l'inspecteur Toscano en le repoussant légèrement d'une main.

– Vous n'allez quand même pas l'embarquer !

Ma voix avait un accent de panique que je n'ai pas pris la peine de masquer.

Il m'a contournée pour s'adresser à Perry.

– Nous vous sommons de nous accompagner au poste pour répondre à un interrogatoire concernant votre relation avec Victoria Happel.

Quelqu'un l'avait vu ce soir-là. Et avait déballé son sac. Gabriel évitait mon regard. À voix basse, il m'a dit :

– Les résultats sont arrivés. C'est la même arme qui a tué Victoria et Billy.

– Mais Perry n'a rien à voir là-dedans ! me suis-je emportée.

L'inspecteur a brandi une feuille de papier.

– Il se trouve que nous avons un mandat pour fouiller la maison.

– Allez-y, faites-vous plaisir, ai-je dit, les bras grands ouverts. Fouinez tant que vous voudrez. Vous ne trouverez pas l'arme du crime ici.

Perry a écarquillé les yeux en secouant légèrement la tête. Est-ce qu'il me disait d'arrêter ? De ne pas les laisser entrer dans la maison ? C'était trop tard.

– Nous ferons preuve du plus grand respect lors de la fouille.

Durant cette petite discussion, trois officiers nous avaient rejoints. L'un d'eux tenait une paire de menottes.

– Vous n'en aurez pas besoin, lui a dit Perry. Je vous suis de mon plein gré.

Impuissante, j'ai regardé mon frère se faire emmener au poste. Lui qui incarnait le calme, la sérénité. La voix de la raison de notre famille. Le seul qui pouvait empêcher ma mère d'exploser quand elle stressait. Le seul à pouvoir me consoler quand on me traitait de cinglée. À avoir su me redonner le sourire après ma rupture avec Justin, quand ma vie s'était écroulée.

Il était bien plus que mon frère. Il était mon meilleur ami.

Perry s'est retourné pour nous regarder à travers le pare-brise arrière. J'ai gardé une main levée jusqu'à ce que la voiture de patrouille disparaisse, puis je me suis laissée glisser sur le sol en retenant mes larmes. Il fallait que je sois forte, que je tienne le coup, pour maman et pour Perry.

J'ai entendu la voix inquiète de ma mère inviter les officiers de police à entrer. J'ai essayé d'oublier la scène qui se déroulait en me concentrant sur la façon dont tout ça avait pu se produire.

Si quelqu'un avait vu Perry avec Victoria ce soir-là, pourquoi avoir attendu aussi longtemps pour se manifester ? Cela n'avait aucun sens... Et ce n'était pas comme si quelqu'un avait pu faire cette découverte récemment...

Soudain, une pensée s'est insinuée en moi – j'avais la pièce manquante de ce puzzle. Mais non, c'était carrément impossible. À moins que... ?

Je me suis levée et me suis mise à courir.

Les locaux du journal étaient dans le centre-ville, entre la mairie et la poste. Sur la devanture vitrée s'étalaient les mots The Eastport Times, mais le P, qui s'effritait légèrement, avait besoin d'une retouche. Des petits bureaux pour un petit journal.

J'ai fait une pause pour éponger mon front luisant de sueur et reprendre mon souffle avant d'entrer. Je me suis dirigée droit vers le bureau de Nate. La tête en partie cachée par un grand écran d'ordinateur, il griffonnait avec ardeur sur un carnet. Il a levé les yeux en entendant mes pas décidés approcher.

– Salut, Claire, qu'est-ce qui t'amène ?

J'ai essayé de jeter un œil à son carnet.

– Tu travailles sur quoi ?

– Un article concernant notre valeureux nouvel inspecteur et son passé pas si glorieux...

– Alors tu n'as pas lâché l'affaire...

Dans le bureau assez vaste résonnait un brouhaha où les conversations téléphoniques se mêlaient au cliquetis des claviers.

Nate tapotait un stylo contre son bureau.

– Tu sais ce que représente le tatouage de Gabriel ? m'a-t-il demandé.

– Non. Pourquoi ?

– Simple curiosité. J'essaie de combler quelques blancs.

– Je peux essayer de le découvrir.

L'idée a eu l'air de lui plaire, mais il a changé d'avis.

– Non, laisse tomber. Je ne veux pas que tu prennes de risques.

– Et Perry, alors ?

– Quoi, Perry ?

– Tu n'as pas hésité à lui faire courir de risques, à lui.

Nate semblait attendre la chute de ma blague, puis il a compris que j'étais sérieuse.

– Claire, je ne te suis pas, là.

– Il vient de se faire embarquer par les flics.

J'avais du mal à contenir ma colère.

– Quelqu'un a dit à la police qu'il était avec Victoria Happel le soir du meurtre. Ce qui est intéressant, Nate, c'est que ni Perry ni moi n'en avons jamais parlé à qui que ce soit. Et il a suffi que je te le dise hier soir, pour que, ce matin, les flics l'emmènent.

Sous le choc, Nate a ouvert la bouche, puis son visage s'est décomposé et son regard s'est teinté de désespoir. Je savais que jamais je n'aurais dû remettre en cause sa loyauté.

– Je n'en ai parlé à personne, je t'assure. Enfin, Claire, tu dois bien t'en douter.

Je me suis assise sur un fauteuil pivotant que j'ai fait rouler jusqu'au sien.

– Oui, je sais, Nate, excuse-moi. Je n'aurais jamais dû envisager une chose pareille, ne serait-ce qu'une seconde. Mais tout s'est enchaîné de telle façon que...

– Il peut s'agir de n'importe quelle personne présente au restaurant ce soir-là. Ou au motel.

– Mais pourquoi maintenant ? Pourquoi avoir attendu une semaine ?

– Je n'en sais rien. Peut-être que la personne en question ne regardait pas les infos ou ne lisait pas le journal. Peut-être qu'elle n'a fait le lien que récemment. Ou qu'elle s'est d'abord dit que Perry Fern ne pouvait pas être l'auteur de ce crime, que la police finirait par trouver le véritable assassin, et puis comme rien ne se passait, elle a décidé de se manifester. Je n'en ai aucune idée.

J'ai enfoui mon visage dans mes mains.

– Jusqu'à présent, la police n'avait aucune piste. Il semblerait que Billy Rawlinson ait été témoin du meurtre, mais qu'il ait choisi de faire chanter l'assassin plutôt que d'aller tout dire aux flics, et il l'a payé de sa vie. Le seul suspect qui leur reste est la dernière personne à avoir été vue en compagnie de la victime, c'est-à-dire Perry.

– Oui, mais ça n'est pas suffisant pour le coffrer, a dit Nate.

– Ce qui me fait penser qu'ils sont en train de passer la maison au peigne fin. Je ferais mieux d'aller retrouver ma mère pour l'aider à tenir le coup.

Nate m'a regardée de plus près. J'ai senti des gouttes de sueur rouler dans mon cou.

– Tu es venue jusqu'ici en courant ?

J'ai haussé les épaules.

– Il fallait que je te parle. Que je sache.

– O.K. Je te ramène en voiture. C'est l'heure de ma pause.

Nate m'a déposée sur le trottoir ; la voiture de patrouille bloquait l'accès à la maison. J'ai vu un flic charger l'ordinateur de Perry dans leur véhicule. Un officier m'a fait un signe de tête.

– On a terminé.

J'ai trouvé maman recroquevillée sur le canapé du salon. Le visage caché par ses longues boucles et les épaules secouées de sanglots, elle ressemblait à une petite fille perdue. Je me suis assise à côté d'elle pour lui frotter le dos comme Perry l'aurait fait.

– Ça va aller, ai-je murmuré.

Elle a levé les yeux vers moi, les joues striées de mascara.

– Et si ça tourne mal ? S'ils l'arrêtent ?

– Ils n'ont pas assez de charges contre lui. Oui, il était avec elle, mais rien ne peut prouver qu'il l'a tuée.

– Ils ont... ils ont embarqué des tas de trucs.

– Peut-être, mais rien de tout ça ne leur sera utile. Ils ne peuvent pas avoir trouvé l'arme du crime.

Je lui ai tendu un mouchoir. Elle s'est redressée pour sécher ses larmes.

– Merci, chérie.

Le téléphone a sonné, j'ai décroché aussitôt.

– Claire ?

Cette voix m'était familière, mais j'avais du mal à l'identifier.

– Oui ?

– C'est Stephen Clayworth.

– Ah ! Désolée, tu choisis mal ton moment.

– Je sais. C'est pour ça que j'appelle. J'ai entendu dire que Perry était en garde à vue. Est-ce qu'ils l'ont placé en détention ?

– Non, non, pas que je sache. Ils l'interrogent, c'est tout.

– Vous avez un avocat ?

Prise dans le chaos général, je ne m'étais même pas posé la question.

– Non, pas encore.

– Venez à la maison, je vous mettrai en contact avec l'avocat de la famille.

Super. L'avocat des Clayworth était probablement le plus cher de tout l'État.

– Je ne crois pas qu'on ait les moyens de...

– Ne t'en fais pas pour ça, m'a coupée Stephen. Venez à la maison, je ferai tout ce que je peux pour vous aider.

Je n'aurais pas pu me méprendre davantage sur son compte. Je m'en serais giflée.

– Merci infiniment, Stephen. J'arrive.

– C'était Stephen Clayworth ? m'a demandé maman.

– Oui. Il nous propose de venir chez lui, il nous introduira auprès de l'avocat de la famille.

– Est-ce qu'il y a... un truc entre vous ?

– Non, non, pas du tout. On a recollé les morceaux, c'est tout. Finalement, il n'est pas si méchant que ça.

Maman a attrapé son sac et ses clés, et on est sorties. Je me suis arrêtée net à quelques mètres de la voiture. Le pneu avant gauche était à plat.

– Mince, je ne me suis même pas rendu compte qu'il se dégonflait.

Je me suis agenouillée pour regarder de plus près.

– Rien d'étonnant. On nous l'a crevé.

XIX

– Ce pneu était en parfait état ce matin, a dit maman.

– Et personne ne l'aurait crevé avec la police dans les parages, ai-je ajouté.

On a échangé un regard. La personne avait donc agi au cours des dix dernières minutes.

Je suis allée jeter un œil dans la rue. Un garçon d'une douzaine d'années arrivait à vélo. J'ai levé une main pour l'arrêter.

– Est-ce que tu as vu des gens dans la rue ?

– Euh, ouais, pas mal, ouais, a-t-il répondu à ma question idiote.

– Quelqu'un qui serait sorti d'ici, peut-être ? On vient de crever le pneu de notre voiture.

Il a haussé les épaules.

– J'ai vu une nana avec un sac de plage et un grand chapeau trop moche, elle avait l'air pressé.

– Luke !

Sur le trottoir d'en face, une petite blonde lui a fait un signe de la main.

– Désolé, faut que j'y aille.

Ah ! l'appel des blondes. Ça commençait dès le plus jeune âge. En parlant de blondes, je savais qui avait fait le coup : ce ne pouvait être que Tiffany. Mais je n'avais pas le temps de m'occuper de son cas. Il fallait au plus vite trouver de l'aide pour Perry. Malheureusement, nous n'avions plus de voiture pour nous rendre chez les Clayworth.

À cet instant, une voiture noire rutilante, celle de Mr Spellman, s'est garée le long du trottoir. Justin a passé la tête par la fenêtre.

– Monte !

Pas franchement un chevalier sur son destrier blanc, mais ça ferait l'affaire.

Maman s'est glissée sur le siège passager, moi à l'arrière, et Justin a redémarré en trombe.

– J'ai entendu dire que Perry était en garde à vue. Mon père a appelé un de ses amis avocat, il nous retrouve au poste.

– Mais tu n'as pas encore ton permis, toi.

– Certes. Cela dit, je peux prendre le volant en tant qu'apprenti conducteur si un adulte est présent dans la voiture. Bonjour, madame Fern.

Maman lui a tapoté l'épaule. Elle avait toujours eu un faible pour lui, et m'avait fait comprendre à plusieurs reprises que, selon elle, il méritait une seconde chance. J'ai soupiré. À présent qu'il était venu au secours de notre famille, elle n'allait plus me lâcher les baskets.

– Je suis désolé, vraiment, m'a chuchoté Gabriel quand on est arrivés.

– Ton père ne fait que son boulot, ai-je bredouillé en me triturant les doigts. Si Perry était avec Victoria ce soir-là, ton père doit l'interroger. Je ne vous en veux pas. Mais bientôt, vous vous rendrez compte que Perry n'a rien à voir là-dedans. Ton père le relâchera, et nous, on pourra reprendre... reprendre l'enquête.

Il s'est détourné de moi, comme si rien n'était moins sûr. Moi non plus, je n'avais plus aucune certitude.

Je me suis laissée tomber sur une chaise en plastique. Devoir ronger mon frein dans cette salle d'attente, pendant que mon frère terrorisé était retenu ailleurs dans ce même bâtiment, était une vraie torture. J'espérais qu'ils ne le harcelaient pas de questions, qu'il avait eu la présence d'esprit de refuser de répondre jusqu'à ce qu'on lui trouve un avocat.

Quand Anthony Toscano est entré dans la pièce, Gabriel a bondi pour le rejoindre. Il a murmuré quelque chose à l'oreille de son fils. Je me suis approchée.

– Excusez-moi, inspecteur Toscano ?

Il a baissé la tête vers moi. J'avais l'impression d'être une petite fille.

– Oui, mademoiselle Fern ?

– Est-ce que je pourrais parler à mon frère rien qu'un moment ? L'avocat ne devrait pas tarder à arriver. Je veux juste m'assurer qu'il va bien.

Son visage a changé d'expression. Avait-il pitié de moi ?

– Bien sûr. Suivez-moi.

Je peinais à garder la cadence et à le suivre dans les couloirs. Nous marchions en silence, j'en ai profité pour regarder autour de moi. Un tube au néon vacillant au plafond. Une brûlure de cigarette sur le sol en lino. Les murs gris qui avaient grand besoin d'un coup de peinture.

L'inspecteur Toscano s'est arrêté si brusquement que j'ai failli lui rentrer dedans.

– Vous avez deux minutes, m'a-t-il dit en ouvrant la porte.

Perry a bondi de sa chaise. J'ai esquissé un sourire. Je ne savais pas si j'avais le droit de le serrer dans mes bras. Tout cela me semblait surréaliste, comme si nous étions les victimes d'une vaste farce.

Si seulement.

Je me suis assise face à lui, mains jointes sur la table.

– Ça va ?

Il a haussé les épaules.

– Ils te traitent bien ?

– Ouais. Enfin, y a pas grand-chose à dire. Ils m'ont donné un soda.

– Ils ne t'ont pas encore interrogé ?

– Je crois qu'ils attendent un avocat.

– Harry a dû leur en toucher deux mots. C'est l'avocat des Spellman qui va te défendre. Il est en route. L'interrogatoire commencera sûrement dès qu'il sera là.

Il a acquiescé, yeux baissés. Il avait le teint verdâtre. Je n'aurais pas été étonnée de le voir vomir sur la table.

– Perry, tout va bien se passer.

– On ne peut être sûr de rien.

– Tu n'as pas tué cette fille, si ?

Je faisais de mon mieux pour empêcher ma voix de trembler.

– Non, m'a-t-il répondu, droit dans les yeux. Je ne l'ai pas tuée.

J'ai écarté tous les doutes qui m'habitaient pour me consacrer à l'aide que je devais lui apporter.

– Alors ils ne peuvent t'accuser de rien.

– Bien sûr que si. Ça serait pas la première fois qu'un innocent se retrouve en prison.

– Perry, ça n'arrive que dans les films et les romans policiers.

Ce qui n'était pas entièrement vrai. Perry n'a pas répondu, se contentant de fixer le sol, l'air démoralisé. Je cherchais désespérément quelque chose à dire, mais les mots m'échappaient, alors j'ai pris ses mains dans les miennes. On est restés assis là, en silence, jusqu'à ce que l'inspecteur vienne me chercher et me reconduise à la salle d'attente.

Gabriel était parti. Un monsieur aux cheveux gris et en costume, l'air très digne, parlait à voix basse à ma mère, qui avait l'air horrifié.

– Que se passe-t-il ?

L'homme m'a jeté un regard interrogateur.

– Je vous présente ma fille, Claire, a dit maman, puis elle s'est tournée vers moi. Voici Mr Nelson, l'avocat de Perry.

– Ravie de vous rencontrer.

Ces politesses mettaient mes nerfs à rude épreuve : la seule chose qui m'intéressait était de savoir ce qui se tramait.

– Il y a un problème, a dit maman. En fouillant la maison, ils ont trouvé quelque chose.

– L'arme du crime ? me suis-je écriée. Quelqu'un a dû la planquer là ! C'est impossible autrem...

– Non, non, pas l'arme du crime, a dit Mr Nelson d'une voix douce mais ferme. Ils ont trouvé la cassette de vidéosurveillance du restaurant. Celle où l'on voit votre frère partir avec la victime le soir du meurtre.

Cette cassette avait donc bien été volée. Mais quel idiot !

– S'il l'a prise, c'est pour que la police ne le voie pas avec Victoria et le croie coupable. Il est innocent.

– Un tel acte vient pourtant s'ajouter aux preuves indirectes de sa culpabilité. Le vol et le recel de cette cassette témoignent d'une tentative de camoufler quelque chose, a-t-il soupiré. Il aurait dû s'abstenir. Ça va nous compliquer la tâche.

– Il faut que je voie cette cassette. On y trouvera peut-être le vrai meurtrier.

– Claire, a-t-il tempéré, selon les autorités, le coupable est déjà en garde à vue.

Il nous a répété que nous ne pouvions rien faire de plus pour l'instant, le plus sage étant de rentrer à la maison. Il a promis de nous appeler dès que la police aurait pris sa décision : soit ils placeraient Perry en détention, soit ils le laisseraient repartir. Ce qui allait prendre quelques heures.

Maman est rentrée, mais je n'ai pas pu la suivre. Je m'imaginais faire les cent pas dans le couloir, à guetter le moment où elle craquerait. Je me suis dirigée vers le seul endroit qui pourrait m'apaiser – la plage.

Je me suis rendu compte que c'était l'après-midi et que je n'avais pas déjeuné. Mais je n'avais pas faim. Sandales à la main, j'ai marché sur le sable chaud en évitant les zones trop peuplées. Je ne voulais pas risquer de tomber sur quelqu'un que je connaissais. La rumeur concernant l'arrestation de Perry devait se répandre comme une traînée de poudre.

J'ai marché en direction de l'eau, je voulais sentir sa fraîcheur sur mes pieds. Mais je me suis figée sur place. Quelques jours auparavant, cette vision m'aurait émoustillée. Gabriel se tenait à un ou deux mètres de moi, assis sur le sable, face à la mer. Il portait un short, son tee-shirt était posé en boule à côté de lui. Il avait le dos bronzé et musclé. J'aurais bien aimé avoir le don de ma mère pour lire dans ses pensées.

Comme si lui pouvait lire les miennes, il s'est retourné.

– Salut.

Il s'est levé en époussetant son short. Son torse nu était agréable à regarder, mais ça n'a pas suffi à me redonner le sourire.

Physiquement, je ressentais une attirance terrible pour lui, mais la raison empêchait mon cœur de s'emballer. Gabriel nous prenait pour des imposteurs. Il méprisait mon don et refusait de me dire pourquoi. Pourquoi y attachait-il autant d'importance ?

Je voyais ces pensées contradictoires se peindre sur son visage. Il détestait notre entreprise familiale. Et croyait sûrement mon frère coupable.

Mais il avait des sentiments pour moi. Je le savais. Je le voyais dans son regard.

Il a ouvert les bras. J'ai ignoré la petite voix qui me disait de le repousser. J'avais grandement besoin de quelqu'un, de soutien. Et il était là, prêt à me réconforter. Je me suis jetée contre lui, laissant sa chaleur m'envelopper. Il m'a serrée fort.

– Je me fais tellement de soucis pour lui.

– Je comprends, a-t-il dit en passant une main dans mes cheveux.

– J'aime Perry plus que tout au monde.

– Je sais. Crois-moi, je sais ce que ça fait.

D'une main, il a relevé mon menton puis a plongé son regard dans le mien un long moment. Une boule s'est logée dans ma gorge. Son contact m'électrisait, et j'aurais préféré n'en éprouver aucun plaisir. Ne pas désirer ce garçon qui haïssait une partie de moi.

Mon cœur battait encore plus fort que le ressac derrière nous. Il a fini par parler.

– J'en ai assez d'essayer de te détester.

Il s'est penché et m'a embrassée. Moi aussi, j'étais fatiguée de lutter contre cette attirance. Je lui ai rendu un baiser fougueux. Je me suis abandonnée à sa bouche, à ses mains qui tenaient doucement mon visage, transportée par ce baiser hors du temps, tandis que les vagues s'écrasaient l'une après l'autre sur le rivage.

Je me suis détachée de notre étreinte pour reprendre mon souffle. Je l'ai regardé en laissant mes mains courir le long de ses bras, de ses biceps. J'ai tourné la tête tandis qu'il déposait de doux baisers le long de mon cou.

Là, quelque chose a attiré mon regard. Son tatouage. C'était un mot, en écriture cursive. Le nom de quelqu'un, probablement. Je n'avais pas très envie d'en savoir plus. Si c'était celui d'une fille qu'il avait aimée et laissée à New York, j'en serais malade de jalousie – bien que je n'en aie aucun droit. Mais ma curiosité a eu raison de moi.

J'ai penché ma tête davantage. Intérieurement, j'ai prié pour lire le mot « Maman ». Je vous en prie, faites que ce soit Maman. Il s'agissait bien d'un nom, inscrit en lettres féminines, travaillées. Ce n'était pas « Maman », mais « Victoria ».

XX

J'ai voulu pousser un cri, mais quelqu'un m'a devancée.

J'ai reculé de quelques pas. Gabriel n'a pas remarqué à quel point j'étais chamboulée ; son regard était ailleurs.

Un peu plus loin sur la plage, une femme criait comme une hystérique. Un petit attroupement s'était formé. J'ai suivi Gabriel dans leur direction. Quand on est arrivés, la femme a cessé de crier et s'est évanouie dans les bras d'un homme. Le cercle s'agrandissait, parcouru d'exclamations de peur et de dégoût.

Je ne voulais pas regarder. Ça ne me disait rien qui vaille. Je me suis arrêtée, mais Gabriel m'a tirée par la main et nous nous sommes frayé un passage dans la foule, jusqu'à pouvoir identifier ce qui s'était échoué sur le rivage.

C'était un corps humain. Une petite voix me criait de faire demi-tour, de fermer les yeux, de partir en courant, mais mes muscles refusaient de m'obéir. J'étais comme hypnotisée.

C'était une femme, au visage couvert d'algues. Elle portait un short en jean et un tee-shirt, sa peau était décolorée et boursouflée.

Il fallait que je découvre qui elle était. Tandis que tout le monde était encore sous le choc, je me suis agenouillée pour dégager les algues de son visage.

Je suis assise sur le sable, les yeux perdus dans l'immensité de l'océan. Il fait nuit noire et la plage est déserte. Je remarque pourtant un mouvement. Je me retourne, vois une ombre. Quelqu'un se dirige vers moi.

– Y a quelqu'un ? je demande.

L'ombre ne me répond pas mais accélère, fondant sur moi d'un pas déterminé. Je prends peur. Un filet de sueur coule le long de ma colonne vertébrale.

D'instinct, je me lève et cours en direction de la promenade. Je risque un regard en arrière. L'ombre me poursuit. Se rapproche. L'escalier est trop loin, je n'y arriverai jamais. Je sprinte sous les planches, espérant me fondre dans l'obscurité.

L'ombre m'imite. Je m'enfonce plus loin. C'est comme une partie de cache-cache macabre. Je suis à bout de souffle. Ma respiration, trop forte, va me trahir. J'essaie de la retenir mais j'ai trop peur.

Au bout d'un moment, je regarde à droite, à gauche ; aucune trace de l'ombre. Je commence à me dire que je suis tirée d'affaire quand deux bras m'attrapent par-derrière, puis deux mains m'enserrent le cou. Je n'arrive plus à respirer…

– Claire !

Quand j'ai rouvert les yeux, Gabriel me tirait à l'écart du corps. Il m'a fait asseoir.

– Tu te sens bien ?

– J'ai tout vu. J'ai vu la mort de cette fille. On l'a étranglée sous les planches de la promenade. Mais je n'ai pas vu son assassin.

J'ai levé les yeux vers lui.

– Qui est-ce ?

Il a secoué la tête.

– Non, ne regarde pas.

Mais c'était plus fort que moi. Malgré la sensation de vertige, je suis retournée près du cadavre. J'ai d'abord posé les yeux sur ses ongles rongés à vif. Puis sur ses longs cheveux châtains. Et enfin sur son visage.

Joni. La meilleure amie de Victoria. Qui était venue nous voir pour une lecture. Que j'avais forcée à faire une déposition auprès de la police. Qui était terrifiée par le petit copain de Victoria, Joel. Et elle était morte.

Soudain, l'odeur m'a fait l'effet d'une gifle. J'ai juste eu le temps de m'éloigner avant de vomir sur le sable. Gabriel est venu me frotter le dos d'une main et retenir mes cheveux de l'autre, jusqu'à ce que je me sente mieux.

– C'est sûrement Joel qui l'a tuée, ai-je dit, le souffle entrecoupé. Personne d'autre ne connaissait Joni, ici. Elle n'était pas là au même moment que Victoria.

– Mais Joel est parti. Comme la fille de Boston n'a pas porté plainte, on a dû le relâcher.

– Ça ne veut pas dire qu'il ne l'a pas tuée. Il n'est peut-être pas parti. Ou alors il a quitté la ville, mais il est revenu.

J'ai haussé d'un ton pour exprimer toute ma colère.

– Ton père et toi, vous avez Perry dans le collimateur, et vous refusez d'envisager un autre coupable, malgré les preuves !

– Mais les preuves sont contre ton frère ! a crié Gabriel en retour.

Je n'arrivais pas à croire qu'il refuse de voir plus loin que le bout de son nez, de considérer Joel comme coupable potentiel. Folle de rage, je me suis approchée à quelques centimètres de son visage, les poings serrés.

– Écoute-moi bien, Gabriel. Il n'y aura rien entre nous. Jamais. J'ai fini de travailler avec toi. À partir de maintenant, je travaille contre toi.

En m'éloignant d'un pas décidé, je lui ai lancé pardessus mon épaule :

– Parce qu'il va bien falloir que quelqu'un découvre le véritable assassin !

J'ai couru chez moi aussi vite que j'ai pu. C'était là que j'aurais dû être tout ce temps. Ma mère attendait seule à la maison le coup de fil fatidique, et moi je batifolais sur la plage avec l'ennemi. Je m'en voulais de ce baiser, j'en voulais à Gabriel d'être aussi buté. Sans compter qu'à en croire son tatouage, il avait un petit secret. Je ne pouvais pas lui faire confiance. Je ferai cavalier seul, désormais.

– Maman ?

– Je suis là.

J'ai déboulé dans la cuisine.

– Alors, ils ont appelé ?

– Non, pas encore, a-t-elle dit en posant une canette de soda sur la table.

Nate était assis là, à faire des confettis avec une serviette en papier, le visage rongé par l'inquiétude.

– Salut.

Je me suis assise à côte de lui.

Maman papillonnait dans la cuisine comme un oiseau en cage, cherchant à s'occuper à tout prix.

– Je suis venu vous tenir compagnie, a dit Nate. Ou en chercher, comme on voudra...

Son sourire s'est vite évanoui.

– Je m'inquiète, Claire.

– Moi aussi. Mais ça va aller, ai-je dit avec le plus d'optimisme possible.

Maman a coupé le robinet pour se tourner vers moi.

– Il s'est passé quelque chose ?

J'ai respiré un bon coup.

– Joni est morte. On a découvert son corps sur la plage, la police doit être arrivée à l'heure qu'il est.

Le souffle coupé, maman a porté la main à la bouche.

– C'est horrible, a dit Nate. Elle s'est noyée ?

– Non. On l'a étranglée et jetée à l'eau. Je parierais que le meurtrier est le même que celui de Victoria et Billy. Et plus ça va, plus je me dis que le coupable est Joel, le petit ami de Victoria.

Maman a acquiescé, les yeux perdus dans le lointain.

– J'espère que la police sera de ton avis.

Elle est sortie prendre l'air en nous demandant d'attendre près du téléphone.

– Il y a autre chose, ai-je murmuré à Nate. J'ai vu le tatouage de Gabriel.

– Oh ! cet article ne m'intéresse plus. Je m'y remettrai quand toute l'affaire sera terminée.

– Victoria.

– Quoi, Victoria ?

– Sur son bras. Il y a écrit « Victoria ». C'est peut-être une coïncidence. Des Victoria, il y en a à la pelle.

– Mais il y a moins d'assassins...

– Qu'est-ce que tu veux dire ?

– Avant de cesser mes recherches, j'ai découvert pourquoi les Toscano ont quitté New York. Anthony n'a pas démissionné du NYPD, il a été viré.

– Pour quelle raison ?

– Meurtre.

J'étais sous le choc.

– Il serait en prison si c'était le cas, non ?

– Comme il était en service, aucune poursuite n'a été engagée. En revanche, l'usage de son arme a été jugé abusif, et il a perdu son poste. C'est une affaire très louche. Apparemment, il connaissait l'homme qu'il a tué.

– C'est horrible. Mais quel est le rapport avec notre enquête ?

– Un assassin reste un assassin. Il s'est déjà servi de son insigne pour tuer quelqu'un et s'en sortir indemne. Qu'est-ce qui l'empêcherait de recommencer ?

J'ai repensé à la scène de crime dans les bois, à cette personne qui nous avait épiés. Ç'aurait pu être l'inspecteur Toscano. J'ai aussi songé à la façon dont Gabriel faisait référence à Victoria, « la victime », sans jamais dire son nom, alors qu'il l'avait tatoué sur son bras. Se pouvait-il que...

Non. Non, c'était impossible.

– Tu ne peux pas aboutir à cette conclusion sans en savoir plus, ai-je dit tant pour Nate que pour moi.

– Et pourquoi pas ? Ils ne se sont pas gênés pour tirer des conclusions hâtives sur le compte de Perry.

Là, il n'avait pas tort.

– Je vois peut-être un moyen de nous en sortir. L'inspecteur a refusé de me laisser visionner la cassette de vidéosurveillance. Si on y voit lui ou son fils, au restaurant ce soir-là, alors ta théorie tiendra peut-être la route.

Nate s'est ragaillardi.

– Il faut que tu te procures cette cassette. C'est peut-être notre seule chance de sauver Perry.

– Et je m'y prends comment ? Je ne peux pas entrer au commissariat par effraction et la voler !

– Il y a bien une autre solution... a dit Nate en se frottant le menton. Justin. Il est prêt à tout pour toi, et son père n'aurait aucun mal à se procurer cette cassette.

– Tu veux que je me serve de Justin ?

– Tout de suite les grands mots. Tu sais, il serait touché d'une pareille attention. Bats des cils, agite ta chevelure, enfin, fais ce que les filles font pour nous faire chavirer.

J'ai soufflé un bon coup. J'étais prête à tout pour mon frère.

– O.K., aux grands maux les grands remèdes.

J'ai envoyé un texto à Justin pour lui demander si on pouvait se voir. Il a répondu plus vite que l'éclair ; on avait rendez-vous sur la promenade. Je m'étais plutôt attendue à le retrouver sur la plage, puisque c'était un peu « notre endroit », mais il devait être au courant pour Joni. Et s'il y a une chose susceptible de gâcher une soirée romantique, c'est bien une scène de crime.

Je me suis dépêchée, mais, de façon incompréhensible, Justin était arrivé avant moi.

Il patientait sur un banc, battant l'air de sa jambe gauche, comme lorsqu'il était inquiet. Il portait un short en toile et un polo blanc qui mettait son bronzage en valeur. Quand il m'a vue, il s'est levé pour m'adresser un sourire plein d'appréhension.

– Salut.

– Alors, une petite discussion, ça te dit ?

– Comme tu voudras.

On s'est mis à déambuler le long de la promenade.

– En fait, ton texto est bien tombé. Il faut vraiment qu'on parle.

Tiens, je n'avais pas imaginé qu'il ait aussi des choses à me dire.

– Qu'est-ce qui se passe ?

– Il y a eu un autre meurtre.

– Oui, je suis au courant. Joni. Quelle horreur.

La vision de ses derniers instants m'est revenue en mémoire, mais je me suis empressée de la chasser. Je ne pouvais pas y penser, pas maintenant. Il fallait que je sois forte.

– Je crois qu'il est temps que ça s'arrête, a dit Justin.

Je ne comprenais pas.

– Comment ça ?

– Je ne veux plus que tu sois mêlée à cette enquête. Au début, j'ai cru que c'était une bonne idée. Que cette affaire serait résolue rapidement, qu'on enfermerait le coupable et qu'on passerait à autre chose. Pas une seconde je n'ai imaginé que tu puisses être en danger. Si j'avais su, je n'aurais jamais fait appel à toi. Mais maintenant, Billy est mort. Joni aussi. Ce tueur est un vrai détraqué. Je refuse que tu continues à travailler sur cette affaire. Je veux que tu restes chez toi jusqu'à ce que ce soit terminé.

Voilà exactement pourquoi j'avais gardé pour moi la vision que j'avais eue dans les bois, celle du guetteur. Je savais qu'on en arriverait là. Si Perry, Justin ou maman le découvraient, ils voudraient tous que j'arrête. Mais c'était impossible. Si j'avais douté de Perry, à présent tout était clair. En le voyant au poste de police, en le regardant dans les yeux, j'avais compris. À aucun moment je n'aurais dû le soupçonner. C'était mon frère. Je le connaissais. Il n'avait jamais tenu d'arme à feu, il n'aurait même pas su s'en servir. Certes, c'était un bourreau des cœurs, mais pas un tueur. Ce n'était tout simplement pas dans sa nature. Et à présent que Joni était morte elle aussi, il ne faisait aucun doute à mes yeux que mon frère était innocent.

Je devais le sauver.

– C'est gentil de te faire du souci pour moi, Justin, mais je ne peux pas tout arrêter.

– Pourquoi ?

– Mon frère pourrait bien passer le reste de sa vie en prison, alors qu'il est innocent. La police ne va en rien l'aider, elle est convaincue de sa culpabilité. Perry n'a plus que moi.

Mains enfoncées dans ses poches, Justin a soupiré.

– Têtue, hein ? Claire, s'il t'arrivait quoi que ce soit...

– Il ne m'arrivera rien.

– Tu ne peux pas en être certaine.

– Je ne peux pas abandonner Perry.

– Je sais bien que Perry n'a pas fait une chose pareille, a-t-il concédé.

Je me suis arrêtée pour le regarder. Les rayons du soleil ornaient ses cheveux blonds de reflets dorés. Ses yeux bleus, profonds, respiraient la sincérité. Il ressemblait à un prince de conte de fées. J'ai repensé au moment où le conte avait mal tourné, mais je me suis forcée à revenir au moment présent.

Gabriel croyait Perry coupable. Justin le pensait innocent. Justin était venu au secours de ma famille, m'avait emmenée au poste avec maman, s'était arrangé pour qu'on ait un avocat. Il était toujours là pour moi.

J'ai posé une main sur sa joue. Puis je l'ai embrassé. Ce que je n'avais pas prévu. Cassette ou pas cassette, je n'avais eu aucune intention d'embrasser mon ex, mais je me suis laissée porter. C'était un baiser léger, hésitant, comme notre premier baiser sur la plage, il y avait si longtemps. Je me souvenais de sa bouche, du goût qu'elle avait, de sa façon d'embrasser.

Embrasser Gabriel, c'était des vacances exotiques. Embrasser Justin, c'était rentrer à la maison, ce dont j'avais besoin.

Mais il a fini par me repousser.

– Qu'est-ce que tu veux ? m'a-t-il demandé en me tenant à distance.

J'ai cligné des yeux sans comprendre.

– Pardon ?

– Ce moment, j'en rêve depuis des lustres, mais je sais que ce n'est pas sincère. Tu veux quelque chose en échange. Dis-moi de quoi il s'agit. Tu sais que je le ferai.

J'ai hésité, en proie à la plus grande confusion. Je ne l'avais pas embrassé pour obtenir la cassette, mais parce que j'en avais eu envie, tout simplement. Ç'avait été plus fort que moi. J'avais enfin pu chasser Tiffany de mon esprit pour écouter mes sentiments.

Mais je refusais qu'il le sache. J'avais baissé la garde un instant, voilà tout. Je ne voulais pas lui procurer de faux espoirs.

– Je veux voir la cassette.

Il m'a tourné le dos pour s'accouder à la balustrade, le temps d'un frisson, puis s'est redressé pour me faire face.

Je l'avais blessé. Amoché, même. Je m'en voulais.

– La cassette de vidéosurveillance du restaurant ? Celle qu'ils ont trouvée chez toi ? Pour quoi faire ? Même si tu la détruisais, en quoi ça aiderait Perry ?

– Je ne veux ni la détruire ni la voler. Juste la visionner. Rien qu'une fois.

Il a réfléchi un instant.

– Tu penses qu'on peut y voir quelqu'un. Le véritable assassin.

J'ai acquiescé.

– Mais comment savoir qui est le coupable ? Tu peux regarder des gens entrer et sortir sans jamais le reconnaître.

– Je peux aussi tomber sur Joel, le petit ami de Victoria, ou quelqu'un d'autre...

Je ne voulais pas partager la théorie de Nate concernant les Toscano. Je ne voulais pas non plus que Justin sache que j'avais vu le tatouage de Gabriel... sans pouvoir m'expliquer pourquoi.

– Je ne sais pas trop, a dit Justin.

– Ça pourrait tout résoudre en un clin d'œil, ai-je insisté.

J'ai posé une main sur son bras – une vieille habitude – et je l'ai regardé dans les yeux.

– On pourrait démasquer le coupable. C'est pour ça que tu es venu me trouver l'autre jour. C'est ce qui te tient le plus à cœur, non ?

– Non.

Il a doucement repoussé ma main.

– Franchement, ce qui me tient le plus à cœur, c'est de remonter dans le temps et d'effacer ce qui s'est passé avec Tiffany.

– T'en fais pas un peu trop, là ?

Ses traits se sont tendus.

– Je t'ai fait mal, alors que je t'aime. Je peux encore voir la douleur dans ton regard. Je la vois à chaque fois que tu poses les yeux sur moi.

Sa voix s'est brisée.

– Tu peux trouver que j'en fais trop, mais c'est la vérité.

C'était exactement ce que j'avais désiré ces derniers temps : le faire souffrir, le voir grimacer de douleur. Lui rendre la monnaie de sa pièce. Mais je n'en retirais aucun plaisir. Émue et secouée, je me suis rendu compte que je ne voulais pas qu'il souffre.

D'un coup, les mois que j'avais passés à le haïr, à vouloir le blesser sans tenir compte des excuses et regrets qu'il avait exprimés, se sont évanouis pour faire place à un sentiment nouveau.

J'ai tendu une main hésitante vers la sienne.

– Je te pardonne.

Il m'a regardée, plein d'espoir.

– Je ne peux pas envisager de suite entre nous, mais je te pardonne. Je te crois quand tu dis que tu voudrais retourner dans le passé pour effacer tes erreurs. Quand tu dis que jamais tu n'as voulu me faire de mal.

Il a cligné des yeux, incapable de dire un mot.

– Et je ne dis pas ça pour avoir la cassette.

Ce qui était vrai. Tout ce temps, je m'étais servie des mots et du silence comme d'armes aiguisées. Je pensais que le faire souffrir me guérirait. Je n'avais pas compris que pour aller mieux, il me suffisait de lui pardonner. La punition avait assez duré. Je ne pourrais peut-être plus jamais être sa petite amie, mais devenir son amie, pourquoi pas ?

– Je suis sincère, ai-je dit.

– Je sais.

XXI

Incapable de tenir en place, je faisais les cent pas dans le bureau du maire. J'étais soulagée d'avoir pardonné à Justin la veille. D'un autre côté, je m'en voulais de me réjouir alors que tant de questions sur la mort de Victoria restaient sans réponses.

Justin était parti depuis un petit moment. Il aurait déjà dû être de retour. Je commençais à m'inquiéter. Il m'avait dit qu'il avait passé de la pommade à son père la veille au dîner, et que Mr Spellman avait accepté de nous laisser regarder la cassette. Et s'il ne pouvait pas se la procurer ? Et si on tombait encore dans une impasse ? Et si...

Justin a déboulé en faisant claquer la porte derrière lui avant de fermer à clé. Il tenait la cassette en jouant des sourcils.

– Oh, merci, merci !

Prête à me jeter dans ses bras, je me suis arrêtée net.

Tout cela était encore nouveau. Il avait été mon petit copain. Puis mon ennemi. Je ne savais pas trop ce qu'il était pour moi à présent ni comment je devais me comporter.

Heureusement, Justin a dissipé le malaise. Il a posé une seconde chaise près de sa petite installation vidéo et a glissé la cassette dans un vieux magnétoscope.

– Tu te souviens de ces vieux machins ? ai-je demandé.

Mais Justin était nerveux. Il a balayé du regard le bureau une dernière fois.

– O.K., c'est bon, la porte est fermée à clé. Mon père vient dans une demi-heure chercher la cassette pour la rapporter au poste de police. Prête ?

– Prête.

J'ai appuyé sur « Play ». Il y avait du grain, mais l'image était assez propre : on voyait en plongée la porte d'entrée du *Miam-Miam*. J'ai accéléré jusqu'à ce qu'une personne apparaisse à l'image, puis j'ai passé la bande au ralenti et j'ai accéléré jusqu'au client suivant. Nous avons fini par tomber sur quelqu'un d'intéressant.

– La voilà !

Victoria entrait dans le restaurant, seule. Elle portait un débardeur très décolleté et un jean slim ; ses hanches roulaient à chacun de ses pas.

– Totalement inconsciente de sa mort imminente, a dit Justin avec tristesse.

Un couple de personnes âgées lui a succédé. Puis un groupe de filles de l'école. Quelques terminales dont Stephen Clayworth. Tiffany est sortie pour une pause cigarette. Je me suis mordu la langue et ai réussi à ne laisser échapper aucun commentaire.

Tout un tas de gens que je ne connaissais pas allaient et venaient, comme dans un moulin. Rien d'étonnant à cela : c'était LE week-end le plus touristique de l'année.

– Est-ce que ça ne serait pas…, a dit Justin en plissant les yeux.

– Gabriel Toscano, ai-je achevé, la voix tremblotante.

Nate avait donc vu juste ? J'avais du mal à y croire.

Mon instinct n'avait pu me tromper à ce point ! J'avais travaillé pendant plusieurs jours avec lui. Le prénom de la victime était tatoué sur son bras, et maintenant je découvrais sa présence au restaurant le soir du meurtre.

Détail qu'il avait omis de me signaler.

Son père, en charge de l'enquête, n'aboutissait à rien. Ce père qui avait tué quelqu'un à New York. Gabriel n'avait peut-être rien de personnel contre les médiums mais la hantise que je détecte sa culpabilité.

– Attends, il ressort, a dit Justin, m'arrachant à mes pensées.

– Qu'est-ce qu'il a à la main ? ai-je demandé en scrutant le sac en papier kraft qu'il portait.

– Des plats à emporter, a répondu Justin avant d'accélérer jusqu'aux personnes suivantes – un groupe de quatre pépés.

Puis Cecile Clayworth a fait son apparition, en robe vert émeraude ceinturée. Que venait-elle faire là ? Le *Miam-Miam* était loin d'être assez chic pour elle. Perry est arrivé peu après et n'a pas tardé à ressortir avec Victoria.

– Beau travail, a sifflé Justin.

– Ouais, pour ça aussi, il a un don.

Cecile est soudain repartie, traînant tant bien que mal un Stephen fin saoul. Voilà pourquoi elle était venue. On l'avait sûrement appelée pour qu'elle s'occupe de son fils. Stephen devait donc avoir un petit penchant pour la boisson, si l'on en croyait son incartade de l'autre soir sur la promenade, alors qu'il était passablement éméché. En pleine campagne électorale, Dallas Clayworth n'avait certainement pas besoin que son fils passe pour un poivrot.

– Voilà, c'est fini, a dit Justin en éjectant la cassette. Pas de trace de Joel Martelli, ça craint.

– On ne repart pas bredouille, cela dit. Il y a toujours Gabriel Toscano.

– Il est ressorti au bout d'une minute avec un sac de plats à emporter. Je ne pense pas que ça fasse de lui un suspect.

– Peut-être, mais il était là, au même endroit que la victime, et à aucun moment il n'a jugé bon de m'en faire part alors qu'on a bossé ensemble presque une semaine.

– Et ?

Je n'arrivais pas à croire qu'il prenne sa défense. Il fallait que je lui dise, je n'avais pas le choix.

– Et il a un tatouage sur le biceps.

Le visage de Justin s'est décomposé. Je savais qu'il passait en revue tous les scénarios possibles au cours desquels j'aurais pu voir Gabriel torse nu. Et ça ne lui plaisait pas.

– Un tatouage qui dit « Victoria ».

– Hum, oui, c'est peut-être une piste. J'en sais rien.

Quelqu'un a frappé à la porte. J'ai caché la cassette derrière mon dos, au cas où, tandis que Justin allait ouvrir. Heureusement, ce n'était que son père.

Le maire a fermé la porte derrière lui et s'est immédiatement adressé à moi.

– Perry a été relâché.

Un profond soupir m'a échappé.

– Ils n'ont pas l'arme du crime. Pas de mobile. Ils peuvent seulement prouver que Perry était en compagnie de la victime, ce que lui-même admet, mais rien de plus. Voler la cassette n'était pas très malin, mais ils ne peuvent pas le garder pour ça.

– Dieu merci, a dit Justin.

– Cela dit, il doit rester en ville, a ajouté Mr Spellman. Ils ne vont pas le lâcher comme ça et vont continuer à enquêter sur lui.

– Qu'ils cherchent, ai-je dit en me levant. Ils ne trouveront rien, Perry est innocent. Merci infiniment à vous deux.

– C'est notre avocat qu'il faut remercier, a dit Justin, pas nous.

J'ai rendu la cassette à son père et l'ai remercié à nouveau avant qu'il ne la rapporte au poste de police.

– Et maintenant ? a demandé Justin.

– Maintenant, je vais tâcher d'en savoir un peu plus sur ce qui s'est passé au *Miam-Miam* ce soir-là.

Et je savais exactement à qui m'adresser.

Je suis rentrée à pied, dans l'humidité qui tombait. Le soleil était presque couché. J'étais fatiguée, affamée, mais mon cerveau bouillonnait. Les choses s'enchaînaient à une vitesse folle, et à tous les niveaux. Mes sentiments pour Justin refaisaient surface. Et si Gabriel était un meurtrier ? Perry était libre, mais pas sorti d'affaire. J'avais hâte d'arriver à la maison, hâte de le voir… mais je me demandais encore si j'allais le serrer contre moi ou lui coller une bonne gifle.

Mais avant, il me restait encore une chose à faire. J'ai sorti mon téléphone de ma poche et composé un numéro. Stephen a décroché au bout de quelques sonneries.

– Salut, c'est Claire. Claire Fern.

– Salut. Alors, quoi de neuf ?

– Je t'appelais pour m'excuser.

Silence.

– À quel sujet ?

– Désolée de ne pas être venue chez toi finalement. Quelqu'un a crevé le pneu de notre voiture, une histoire de fou. Quoi qu'il en soit, je voulais te remercier de nous avoir proposé ton aide. On dîne ensemble demain soir ?

– Hum…

Il était de toute évidence pris de court mais ne disait pas non.

– Je pensais qu'on était repartis sur de bonnes bases, après notre discussion de l'autre jour. Et puis, ce n'est pas un rendez-vous galant ni rien de ce genre. Juste une invitation amicale, pour te remercier.

– O.K., ça me tente bien.

Il avait l'air sincère, voire enthousiaste.

J'éprouvais un léger sentiment de culpabilité à l'idée de lui mentir et de me servir de lui, mais j'avais besoin de réponses.

XXII

Le lendemain, notre carnet de rendez-vous était vierge. Chose rare pour la période estivale, mais le pic du 4 Juillet était passé, et le fait d'héberger un suspect dans une histoire de meurtre n'était pas très bon pour les affaires.

Maman tenait le coup en faisant le ménage. Elle était heureuse que Perry soit de retour, mais nos ennuis n'étaient pas encore terminés. Alors elle frottait, récurait et astiquait sans relâche.

Il n'y avait rien d'utile que je puisse faire avant de dîner avec Stephen, alors j'ai passé la journée avec Perry, à essayer de lui remonter le moral. Son caractère de don Juan avait beau m'exaspérer, je voulais retrouver l'ancien Perry, celui qui n'était pas dépressif. Je préférais encore m'offusquer du nombre de ses conquêtes que rester assise là à m'interroger sur sa santé mentale.

– Allez, viens, on sort.

J'ai essayé de le tirer du canapé, mais c'était un poids mort.

– Non.

– Il fait un temps splendide !

– Je ne peux pas sortir.

Il s'est enfoui le visage sous un coussin.

– T'es devenu un vampire ou quoi ?

– Tout le monde va me regarder. Et parler dans mon dos, a-t-il gémi d'une voix étouffée.

J'ai tapé du pied. Il a sorti la tête de sous son coussin.

– Oui, j'ai tapé du pied. Je suis ta petite sœur et je veux que tu me payes une pizza. Tu me dois bien ça, Perry.

Il a encore gémi, mais a fini par se lever. Et pendant le trajet, personne ne nous a particulièrement remarqués. Je nous ai réservé une place sur un banc pendant qu'il allait acheter des parts de pizza chez Monty.

En prenant ma première bouchée, j'ai fermé les yeux pour savourer ce moment d'extase culinaire.

Perry m'a imitée, mais tout le fromage a suivi et lui a collé au menton. Il a soupiré.

– La pizza de Monty, elle est nulle. Tu m'as tiré d'affaire, je sais que je te suis redevable, mais franchement, t'aurais pu choisir autre chose. Une glace, par exemple.

– Tu ne m'es pas redevable que pour ça.

Je me suis essuyé la bouche avec une serviette en papier.

– Ah, et pour quoi d'autre ?

– J'ai compris pourquoi Tiffany Desposito a jeté son dévolu sur Justin il y a quelques mois. C'était par esprit de vengeance, sauf qu'elle s'est vengée sur la mauvaise personne.

– Ah ouais ?

Il a baissé les yeux.

– Mon petit doigt m'a dit ce qui s'était passé entre vous.

– Nate ? a-t-il grogné.

– Perry, tu sors avec des nanas, et après tu fais comme si elles n'existaient pas. En plus, ça t'amuse. Tu agis comme si ça n'avait aucune conséquence. Mais ça en a. En l'occurrence, tu l'as fait souffrir.

J'avais du mal à croire que je prenais la défense de Tiffany.

– Tu as raison.

Il a levé les mains en signe de soumission.

– Je pensais que pour elle aussi ce serait une soirée sans lendemain. Mais quand elle s'est mise à me harceler, j'ai compris qu'elle avait espéré plus que ça.

Il a secoué la tête.

– Je n'aurais jamais imaginé qu'elle s'en prendrait à toi pour me faire payer. C'est vraiment un coup bas. Je ne la croyais pas capable d'un truc pareil.

– Qui sait de quoi les gens sont capables ? ai-je dit avec tristesse.

– Super, maintenant, je me sens hyper coupable.

Il m'a donné un petit coup d'épaule.

– Je vais être obligé de te payer une glace aussi.

J'ai fait passer le temps en observant les passants tandis que Perry était parti nous chercher des cornets. Les touristes allaient et venaient, la chemise tachée de crème glacée, la peau cuite par le soleil, l'air heureux. Les gens d'ici se plaignaient toujours de l'afflux estival, de la circulation et des plages surpeuplées, mais dans l'ensemble, c'était chouette de grandir dans un lieu touristique. La ville était faite pour rendre les visiteurs heureux, et ma famille y contribuait en partie. J'étais persuadée que, de retour chez eux, certains disaient qu'ils avaient passé de super vacances au Cape Cod, et que le plus drôle, c'était cette séance de lecture dans une famille de cinglés. J'ai souri.

– Allez, bébé, touche-moi !

J'ai levé les yeux. Cody et Trevor, deux garçons du lycée faisant partie de la clique de Tiffany, sont passés, hilares.

– Ouais, a crié Trevor, touche ma queue et dis-moi où elle a été !

– Facile ! je leur ai lancé. Elle était dans la mère de Cody !

– Salope, a marmonné Cody.

Heureusement, ils ne se sont pas arrêtés.

Ça m'apprendra à aimer ma ville et mon petit boulot. J'ai fermé les yeux, doigts appuyés contre mes tempes.

– Vous voulez savoir ce que je déteste ?

Allons bon. J'ai ouvert les yeux : Mme Maslov s'était assise à côté de moi. Elle portait une robe blanche en coton – avec une collerette en dentelle – qui lui descendait jusqu'aux chevilles. Pieds nus, elle regardait l'océan.

– Les gens me réclament toujours des numéros. Mais je ne connais pas les résultats de la loterie de demain. J'ai horreur qu'ils me demandent ça.

Est-ce qu'elle essayait de tisser des liens en papotant des risques du métier ?

– Mon don ne marche pas comme ça, a-t-elle poursuivi avec son drôle d'accent. Pour vous pareil, j'imagine.

Elle m'a regardée. Ses yeux, sombres, étaient adoucis par les rides qui les cernaient.

– Vous êtes venue me voir ? Vous savez que ce que j'ai dit la dernière fois est vrai.

– Non, je suis juste venue manger un morceau. Et je ne crois pas un mot de ce que vous avez dit. Tout ce que vous voulez, c'est que ma famille et moi on lève le camp. Comme ça, adieu la concurrence.

– Non, ce n'est pas la vérité. La vérité, c'est que vous êtes en danger. Je vous l'ai dit déjà. J'essaie de vous protéger, mais vous n'écoutez pas bien.

Elle m'a montré son oreille pour appuyer ses propos.

– J'essaie encore.

Elle s'est rapprochée de moi en me toisant d'un air déterminé.

– Quittez cet endroit. Avant qu'il soit trop tard.

J'ai entendu le pas de Perry.

– Qu'est-ce qui se passe ? a-t-il demandé, un cornet dans chaque main.

– Rien, rien. Mme Maslov s'apprêtait à partir.

Je me suis tournée vers elle, mais toute son attention était maintenant concentrée sur Perry. Elle s'est levée et a fait quelques pas vers lui, la tête penchée.

– Vous m'êtes familier… J'ai rencontré un homme qui vous ressemblait dans le passé, mais plus vieux.

Perry s'est raidi. J'ai eu le sentiment que mon cœur s'arrêtait.

– Où ? ai-je demandé en essayant de masquer mon empressement.

Mais elle a fait un geste de la main comme pour dire que ça n'avait pas d'importance.

– Loin, très loin d'ici. Dans mon pays, une région où il n'y a plus personne.

Sa montre a bipé.

– Bon, je dois retourner travailler.

Elle a sorti un trousseau de clés de son sac et s'est dirigée vers sa boutique en me jetant un dernier regard. Soit c'était une très grande comédienne, soit elle me croyait vraiment en danger.

– Ta glace fond de tous les côtés, a dit Perry.

Une mare de crème glacée s'était formée à ses pieds.

– Je n'ai plus faim.

Il a haussé les épaules et s'est mis à lécher les deux cornets tour à tour.

– Ça te dit, un petit tour sur la plage ? m'a-t-il proposé.

– Non, c'est gentil. Je vais rentrer.

Je l'ai observé descendre l'escalier qui menait à la plage, contente de l'avoir forcé à se bouger. Mission accomplie. Je m'apprêtais à rentrer à la maison quand une silhouette a attiré mon regard.

Cecile Clayworth se dirigeait d'une démarche chaloupée vers la boutique de Mme Maslov, en petite robe noire moulante et talons hauts. Nos regards se sont croisés, et elle a changé de direction pour venir droit vers moi. Curieuse de savoir ce qu'elle me voulait, je l'ai attendue.

– Il faut que je te pose une question, a-t-elle dit, entrant sans préambule dans le vif du sujet.

– Je vous écoute.

J'ai croisé les bras.

– Il paraît que tu as un petit rendez-vous avec mon fils, ce soir.

Je n'aurais pas utilisé les mêmes termes, mais j'ai approuvé.

– Je veux que tu l'annules.

Je m'attendais à tout sauf à ça ! Son ton autoritaire m'a agacée.

– Je ne vois pas en quoi ce dîner vous regarde.

Elle a ôté ses lunettes de soleil géantes.

– Tu as causé suffisamment de tort à ma famille. Ton besoin puéril d'aller cafter au directeur de l'école a failli coûter à Stephen sa place dans une université prestigieuse, sans compter que mon mari a dû débourser une jolie somme.

Je refusais de me laisser passer un savon comme ça.

– Vous vous en prenez à la mauvaise personne, je crois. Si Stephen n'avait pas triché aux exams, rien de tout ça ne serait arrivé.

– Ça soulage certainement ta conscience de voir les choses sous cet angle, très chère, mais la vérité, c'est que tout est arrivé par ta faute. En dépit de cela, j'ai essayé de me montrer courtoise, et même cordiale, envers toi et ta famille. Il faut bien que tout le monde cohabite dans cette petite ville, et malgré tout ce que tu lui as fait endurer, mon fils a un faible pour toi. C'est uniquement parce qu'il me l'a demandé que j'ai fait preuve de gentillesse. Mais sache une chose : si tu continues à lui faire des avances, j'en aurai fini de faire ami-ami avec les Fern. Il mérite mieux qu'un ersatz de bohémienne.

J'ai fait un pas décidé vers elle.

– Vous me paraissez bien snob pour quelqu'un de votre extraction.

– Pardon ?

– Tout le monde sait que vous avez grandi dans une caravane. Côté physique, vous avez gagné le gros lot, alors vous avez mis le grappin sur le premier riche venu pour vous sortir de la misère. Mais ne faites pas comme si vous valiez mieux que moi.

– Ne t'approche pas de mon fils.

Elle a rechaussé ses lunettes et m'a plantée là. Je mourais d'envie de la faire tomber de son perchoir, mais m'en prendre à Cecile Clayworth dans un lieu public n'était pas exactement l'idée du siècle. J'ai donc préféré rentrer me préparer pour mon rendez-vous du soir.

XXIII

Stephen s'est pointé à la maison en chemise bleue boutonnée jusqu'au col et pantalon de ville. Un peu trop habillé pour la sortie que j'avais prévue, mais c'était son style. Ce qui m'a surprise, c'est le bouquet de roses qu'il m'a tendu.

Je m'étais pourtant bien fait comprendre : il ne s'agissait pas d'un rendez-vous amoureux. Certes, je ne lui avais pas dévoilé mes vraies intentions, mais je pensais qu'il savait que c'était un dîner entre amis.

– Tu es allergique ?

– Hein ?

– Tu les regardes d'un drôle d'air, mes roses.

– Oh ! désolée. Elles sont magnifiques. J'essayais de me rappeler où sont rangés les vases.

J'ai apporté le bouquet dans la cuisine et demandé à maman de les mettre dans l'eau. Elle était au téléphone. Apparemment, quelqu'un insistait pour obtenir un rendez-vous de dernière minute. Elle a rétorqué que les séances étaient terminées pour aujourd'hui, mais à l'autre bout de fil, on a dû l'implorer.

Elle a fini par accepter, en prévenant le client qu'elle serait seule. Je m'en voulais de lui faire faux bond, mais il fallait que je file.

– Alors, on va où ? m'a demandé Stephen tandis qu'on démarrait. Au *Bistrot du Capitaine* ?

– Je pensais au *Miam-Miam*...

– D'accord... a-t-il répondu, légèrement déçu. Si tu y tiens.

Je n'y tenais pas plus que ça. Mais si je voulais raviver ses souvenirs concernant le soir où Victoria était morte, c'était l'endroit tout indiqué.

– Tu viens souvent, a-t-il remarqué tandis qu'on s'installait dans un coin à l'ambiance tamisée.

– Oui, je suis une habituée. Comment tu le sais ?

– Tu n'as pas regardé la carte.

J'ai souri, un doigt posé sur ma tête.

– Je la consulte en ce moment même.

Il a ri.

– Alors, qu'est-ce que tu me conseilles ?

– Mon frère aime bien leurs hamburgers.

– Comment va ton frère, au fait ?

Avant que j'aie le temps de répondre, une serveuse est venue prendre notre commande.

– Perry ne va pas si bien que ça, ai-je dit ensuite à Stephen, qui avait vraiment l'air inquiet.

– La police l'a relâché, pourtant.

– Peut-être, mais il reste leur suspect numéro un.

Contre toute attente, j'ai dû retenir mes larmes. Toute la journée, j'avais joué les dures devant ma mère et mon frère, mais, loin d'eux, le masque tombait et j'étais sur le point de craquer.

– Désolée, ai-je murmuré en épongeant mes yeux humides. Cet été ne restera pas dans mes meilleurs souvenirs. Et toi, comment se passent les vacances ?

Changer de sujet était le meilleur moyen de reprendre pied.

– Pas super. Avec la campagne électorale, à la maison, c'est politique vingt-quatre heures sur vingt-quatre. Je dois me farcir des dîners chic. Baratiner des gens que je ne connais pas. Disons que je subis pas mal de pression. J'étais censé accompagner mes parents à un gala de charité ce soir, mais je suis bien content d'être là.

J'ai songé à lui faire part de ma petite entrevue avec sa mère plus tôt dans l'après-midi, mais j'ai préféré me taire ; il semblait avoir suffisamment de mal avec ses parents.

– Pour tout te dire, j'ai hâte d'entrer à la fac le mois prochain. D'échapper à tout ça.

Il s'est brusquement interrompu.

– Excuse-moi, je ne devrais pas te raconter cela. Je m'en voudrais de gâcher notre soirée avec mes soucis personnels. Ce que je peux être rabat-joie. Parlons de quelque chose de plus gai.

– La rumeur selon laquelle mon frère est un assassin, par exemple ?

Il a émis un petit rire.

– D'accord, j'ai compris, ta vie n'est pas plus reluisante que la mienne en ce moment...

– Tu l'as dit !

La serveuse nous a apporté nos plats, et Stephen s'est jeté sur son hamburger.

– J'ai entendu dire que tu travaillais avec la police sur l'enquête. C'est vrai ?

– Ça l'était. Mais j'ai mis un terme à cette collaboration.

– Tant mieux.

– Pourquoi ça ?

– C'était une grosse part de risque, non ? Cette affaire a déjà fait trois morts.

J'ai soupiré, sentant que le moment était propice à une habile transition ; il fallait que j'obtienne les renseignements pour lesquels j'étais venue.

Je me suis éclairci la voix.

– À propos de cette soirée, je voulais te demander. Tu n'aurais rien vu de louche quand tu étais là ?

– Comment ça ?

– Tu étais ici le soir où Victoria et mon frère sont partis ensemble. Le soir où elle a été assassinée.

– Comment le sais-tu ?

Son regard s'est éclairé.

– Oh ! attends, tu viens de le capter ?

– Non, ça n'a rien à voir avec la voyance. J'ai vu la cassette de vidéosurveillance, c'est tout. Tu étais, euh, disons, ivre, et ta mère est venue te chercher.

Il a levé les yeux au ciel.

– J'avais oublié que c'était la même soirée. La honte. Je crains de ne pas pouvoir t'aider... Je n'ai rien remarqué de bizarre ce soir-là.

– Est-ce que Victoria a parlé à quelqu'un, à part mon frère ?

Comme Anthony Toscano, le tueur à l'insigne, ou son fils, Gabriel, le menteur qui se balade avec le nom de la victime tatoué sur le bras ?

– Pour être honnête, je me souviens à peine de cette soirée. J'ai été malade toute la nuit. Je me rappelle juste que la femme de ménage m'a aidé à me relever pour me conduire jusqu'à mon lit.

– Aïe ! aïe ! aïe...

– Ouais... C'est ma mère qui était fière de moi, tu penses...

J'ai ri à mon tour.

On a passé le reste du dîner à échanger des ragots et parler de l'université. Étonnamment, j'ai passé un bon moment. Mais quand l'addition est arrivée, je n'avais toujours pas récolté la moindre information susceptible de disculper mon frère. Je ne savais pas non plus si les Toscano, père ou fils, avaient croisé la route de Victoria ce soir-là.

Bien que l'invitation soit venue de moi, c'est Stephen qui a réglé la note.

– Alors, qu'est-ce qu'on fait, maintenant ? m'a-t-il demandé une fois de retour à sa voiture. Tu dois rentrer chez toi ?

J'ai soudain eu une idée lumineuse. Hébété par l'alcool, Stephen n'avait gardé qu'un souvenir très brumeux de ce fameux soir.

Mais les objets, eux, n'oublient pas.

– On pourrait aller chez toi ? Tu as dit que tes parents étaient sortis…

– Euh…

Il avait l'air de se poser des questions quant à mes intentions.

– Je n'ai jamais vu ta belle demeure, me suis-je empressée d'ajouter. Quand tu faisais des fêtes, je n'étais pas invitée…

– Pas assez cool à mon goût, s'est-il moqué gentiment. Non, sérieux. Désolé si j'ai fait quoi que ce soit qui ait pu te vexer.

– Toi ? Non, tu ne m'as jamais malmenée comme les autres. Tu faisais juste comme si je n'existais pas ! Mais le moment est venu de te rattraper.

– Alors c'est parti pour une visite de la maison Clayworth !

Quelques minutes plus tard, on se garait tout au bout d'une allée qui se terminait par une boucle. Le perron en imposait avec ses deux colonnes blanches. J'avais déjà vu la maison depuis la rue, mais de près, elle en jetait encore plus.

Dans le hall d'entrée, on était accueilli par un sol de marbre, un lustre monumental et un grand escalier qui décrivait une courbe majestueuse vers l'étage. Nos pas résonnaient tandis que je suivais Stephen dans un salon qui s'ouvrait sur une salle à manger prolongée par une cuisine assez spacieuse pour accueillir toute une équipe de grand restaurant. Il parlait et pointait du doigt tableaux, sculptures, et divers objets dignes d'intérêt. Il s'est arrêté face à une immense baie vitrée au-delà de laquelle s'étendait un vaste jardin avec piscine – sans doute l'endroit où avaient lieu toutes ces fêtes auxquelles je n'étais pas invitée.

– Tu veux voir ma chambre ? a-t-il demandé timidement.

C'était pour ça que j'étais venue, mais je ne voulais pas qu'il se méprenne sur mes intentions. J'avais prévu de trouver des indices, pas de finir dans son lit.

– Oui, pourquoi pas, juste une minute...

Je l'ai suivi à l'étage, puis tout au bout d'un long couloir. Sa chambre, immense, offrait une vue plongeante sur la piscine. Rien à voir avec le capharnaüm de Perry. Ici, le lit était fait, le bureau dégagé et la commode exempte de tout grain de poussière. Ça ressemblait davantage à une chambre d'hôtel qu'à celle d'un adolescent. Des avantages d'avoir une femme de ménage, je suppose.

J'ai laissé ma main effleurer diverses surfaces tandis que je faisais un tour. Je bavardais en même temps pour éviter que Stephen ne soupçonne quoi que ce soit.

– Très jolie chambre.

– Ma mère est une vraie maniaque de l'ordre et du rangement.

– C'est pas si mal, ai-je dit en promenant mes doigts sur le clavier de l'ordinateur. Au moins, tu n'as pas à faire le ménage toi-même.

Il s'est adossé contre le mur en croisant les jambes.

– Peut-être, mais je n'ai même pas le droit de mettre de poster au mur.

– T'en fais pas, bientôt tu pourras afficher tout ce que tu voudras dans ta chambre d'étudiant.

Je lui ai souri, mais franchement, le cœur n'y était pas. Mes recherches ne menaient à rien. Je percevais quelques fragments de vision, mais rien de pertinent – elles émanaient pour la plupart de la femme de ménage. Ce qu'il me fallait, c'était une vision rattachée au restaurant.

Pendant que Stephen me répétait qu'il avait hâte de partir à la fac et de fuir Eastport, je me remuais les méninges. Impossible de me rappeler ce qu'il portait ce soir-là. Et il était délicat de le lui demander sans qu'il se doute de quelque chose. Puis j'ai eu une idée.

La robe verte de Cecile Clayworth m'était restée en mémoire. Sa garde-robe était si vaste qu'elle n'avait pas pu la porter une deuxième fois la même semaine. Et elle n'était peut-être pas non plus partie au pressing.

– Il y a des toilettes à cet étage ? ai-je demandé, l'interrompant en pleine anecdote sur sa fête de fin d'année.

– Oui, au fond du couloir, à droite.

– Merci. Quand je reviens, tu me montres tes photos de la remise des diplômes ?

Voilà qui allait l'occuper un moment.

J'ai filé dans le couloir. La dernière porte devait mener à la chambre parentale. J'ai jeté un œil. Bingo. Alors… Où était donc le dressing ? J'ai ouvert une porte, et là, le choc.

Le dressing de Cecile Clayworth, c'était le paradis. Sur tout un pan de mur, des étagères remplies de chaussures. Les autres murs étaient dissimulés par des centaines de vêtements triés par couleur.

Il ne m'a pas fallu longtemps pour repérer la robe vert émeraude. J'ai fait glisser mes doigts le long du tissu en me concentrant. Rien ne m'est venu, jusqu'à ce que j'atteigne la ceinture, qui devait être l'endroit où Stephen s'était accroché à sa mère.

Aussitôt la vision est arrivée, avec la fulgurance d'une balle de revolver.

Stephen, plein comme une outre, trébuchait jusqu'au tabouret de Victoria. Le niveau sonore m'empêchait d'entendre ce qu'il lui disait, mais il devait la draguer. Victoria a levé les yeux au ciel avant de lui mettre une gifle et de lui tourner le dos. Déjà échauffées par l'alcool, les joues de Stephen ont viré au cramoisi. Mais il s'est penché vers elle pour lui parler à l'oreille avec insistance.

Les bruits ambiants se sont estompés et c'est bientôt un sentiment de colère qui a dominé. Les pensées s'entrechoquaient avec fureur dans mon esprit.

Elle va tout gâcher.

J'ai fait tellement d'efforts pour arriver jusqu'ici.

Hors de question que cette petite garce m'enlève ce qui m'appartient.

Les émotions étaient si oppressantes que je manquais d'air.

– Je peux savoir ce que t'es en train de faire ?

J'ai lâché le tissu et fait volte-face. Depuis le seuil du dressing, Stephen me fixait du regard.

– Rien, ai-je répondu en croisant les bras. C'est une robe splendide.

– Elle est à ma mère. Qu'est-ce que tu fais dans son dressing ?

Je devais trouver une réponse pertinente, et vite.

– Elle est venue me voir, aujourd'hui, j'ai bafouillé. Pour me demander de garder mes distances. Elle a dit que je n'étais pas assez bien pour sortir avec toi. Et... je ne l'ai pas crue.

J'ai marqué une pause pour être plus convaincante.

– Mais maintenant que je vois ta grande maison, l'incroyable dressing de ta mère... Chacune de ces robes coûte plus que toutes mes fringues réunies. Je me dis qu'en fin de compte, elle doit avoir raison. Je ne peux pas lutter contre les filles de bonne famille. On ne joue pas dans la même cour.

J'accepte volontiers l'Oscar de la meilleure actrice. Je ne sais pas comment j'ai réussi, mais des larmes ont roulé sur mes joues tandis que je sortais de la chambre en courant pour m'engouffrer dans le grand escalier.

Il m'a suivie.

– Claire, attends !

– Je rentre à pied !

– Mais c'est trop loin, attends !

J'étais sortie avant qu'il ne me rattrape. Évitant la rue, où il m'aurait facilement repérée, j'ai foncé vers le bois. J'ai appelé Justin de mon portable, priant pour qu'il décroche. Ce qu'il a fait.

– Claire ?

– Justin, je suis dans le pétrin.

XXIV

Craquements de brindilles, chants d'insectes, le moindre bruit nocturne m'effrayait. Cachée derrière un arbre, je surveillais le perron illuminé de la maison Clayworth. Stephen était sorti dans l'allée, m'avait appelée, mais était finalement rentré.

S'il ne me pourchassait pas, était-il vraiment le tueur de sang-froid que j'imaginais ? La vision que j'avais eue et cette colère qu'il avait éprouvée à l'encontre de Victoria me laissaient croire qu'il avait été assez enragé pour la tuer.

Cependant, quelque chose me dérangeait. Mon instinct me disait que je faisais fausse route. Il me manquait un élément. Ou j'interprétais mal quelque chose.

Une voiture noire s'est garée au bord de la route. En reconnaissant Justin au volant, je me suis ruée vers lui.

J'ai à peine eu le temps de monter qu'il a fait demi-tour.

– C'est la deuxième fois en deux jours que j'enfreins la loi pour toi.

– Je sais. Je suis désolée. J'aurais dû appeler quelqu'un qui a le permis, mais j'ai eu peur, et la première personne…

Je n'ai pas voulu finir ma phrase.

– Ne t'excuse pas, je serai toujours prêt à voler à ton secours. Mais je voudrais bien que tu m'expliques pourquoi je passe te prendre dans les bois à côté de chez les Clayworth, à une heure pareille ?

– J'ai… je… je dînais avec Stephen ce soir.

Il a serré les dents mais n'a rien dit.

– C'était pas ce que tu crois. Je voulais juste me servir de lui.

– Dis donc, ça va devenir une habitude.

Je n'ai pas relevé.

– Il était au *Miam-Miam* le soir où Victoria a été tuée. Il aurait pu voir un truc qui disculperait Perry.

– Comme quoi ?

– J'espérais découvrir si Gabriel avait parlé à Victoria, par exemple.

– Et ?

Il a grillé un feu rouge, mais j'étais mal placée pour critiquer sa conduite.

– Stephen dit qu'il n'a rien remarqué de particulier. Mais chez lui, j'ai eu une vision.

– Qu'est-ce que tu as vu ?

– Stephen, qui parlait à Victoria. Je crois qu'il la draguait. Elle l'a envoyé bouler. Après, j'ai ressenti une profonde humiliation, et de la colère.

Justin s'est garé dans l'allée devant chez moi.

– Des sentiments normaux, quand on se prend un râteau.

– Pas d'une telle intensité. Je n'ai jamais capté de sentiments aussi intenses lors d'une vision.

Mais Justin ne m'écoutait plus. Il fixait un point derrière mon épaule. J'ai suivi son regard. Gabriel était assis sur les marches de la loggia, coudes sur les genoux. De toute évidence, il m'attendait.

– Vous travaillez aussi tard que ça, d'habitude ?

– On ne travaille plus ensemble.

Quand je suis sortie de la voiture, Gabriel s'est levé. Il avait les cheveux en bataille.

– Ta mère m'a prévenu que tu étais sortie, m'a-t-il dit en s'avançant, mais j'ai décidé de t'attendre. Je suis désolé pour la dispute, l'autre jour. Je voulais te dire que...

Il s'est interrompu en voyant Justin sortir de la voiture.

– C'était avec lui, ton rendez-vous ? a demandé Gabriel.

– Non, a dit Justin. Moi, je suis le premier qu'elle a appelé quand le rendez-vous a mal tourné.

J'étais très honorée de ce combat de coqs, mais franchement, je n'avais pas le temps.

– Tous les deux, suivez-moi à l'intérieur.

Maman feuilletait un magazine sur le canapé.

– Alors, comment s'est passé ton dîner ? m'a-t-elle demandé avant de se décrocher la mâchoire en voyant Justin ET Gabriel à ma suite.

– Il restera pas dans les annales. Et toi, le rendez-vous de dernière minute ?

– Après toutes ces suppliques, elle n'est jamais venue.

Je me suis tournée vers mes deux prétendants.

– Bon, nous, il faut qu'on parle. On va là-haut.

Une fois tout ce petit monde dans ma chambre, j'ai refermé la porte. Je me suis assise sur ma chaise de bureau, et les garçons ont pris place sur le lit. Ils avaient l'air un peu bête, côte à côte sur ma couette violette. J'ai dissimulé mon sourire et informé Gabriel des derniers rebondissements. Bien entendu, j'ai laissé de côté mes doutes le concernant. Son tatouage m'intriguait toujours, mais je pensais désormais que le meurtrier ne pouvait être que Stephen, et non Gabriel.

Il a eu la même réaction que Justin.

– Tout le monde est déçu, après s'être fait jeter…

– Mais c'était plus que ça, c'était…

J'ai levé les yeux au plafond, cherchant le mot juste.

– Ça ressemblait à un déluge de violence. Comme si son cerveau avait basculé et qu'il allait exploser.

J'ai secoué la tête.

– Qu'est-ce qu'il y a ? a demandé Gabriel.

– Il y a quelque chose d'illogique dans tout ça, mais je n'arrive pas à mettre le doigt dessus. Un truc qui me dérange et qui m'échappe pour l'instant.

– Peut-être que tes propres sentiments te brouillent la vue, a dit Justin.

– C'est vrai que j'ai du mal à me représenter Stephen en assassin. Ou alors je n'ai pas envie que ce soit vrai.

– Et il ne faut pas oublier que Stephen était bourré ce soir-là. Tu as vu la cassette. Il tenait à peine debout, alors pour ce qui est de viser avec un pistolet…

Il avait raison. Ça ne collait pas. J'étais prête à m'arracher les cheveux.

– Quand même, il faudrait que la police l'interroge, a dit Justin.

– J'en parlerai à mon père demain matin, a approuvé Gabriel.

– Demain matin ? Et pourquoi pas maintenant ?

Gabriel a poussé un soupir excessif.

– D'abord, on n'a pas de preuves. Désolé, mais les visions ne comptent pas. Et puis, j'ai appris à ne pas tirer de conclusions hâtives sur la culpabilité des gens.

– Tu parles de Perry ? Alors, tu es convaincu de son innocence, maintenant ?

Il frottait nerveusement ses mains sur son jean.

– Il y a des choses que j'aurais dû te dire dès le début, pour que tu comprennes mon comportement. Mais… ce n'est pas facile d'en parler.

J'ai attendu qu'il poursuive. Justin avait l'air mal à l'aise.

– Il y a quelques années, ma petite sœur s'est fait enlever. On ne l'a jamais retrouvée. On la croit morte.

– Je… je suis désolée.

Il s'est penché en avant, la main posée sur son front. Il essayait de contenir son émotion, de raconter son histoire avec sang-froid.

– Mon père a passé chaque seconde de son temps libre à écumer les rues. À surveiller des pédophiles connus des services de police. À fouiller les bennes à ordures. À interroger les gens. Ma mère, elle, a pris un chemin différent.

– Qu'est-ce qu'elle a fait ? a demandé Justin à voix basse.

– Elle a dépensé tout notre argent dans des cabinets de voyantes et de médiums, en insistant auprès de mon père pour qu'il suive diverses pistes. Mais tout était bidon.

Il s'est levé et s'est mis à faire les cent pas.

– Selon une voyante, ma sœur était morte, on l'avait jetée dans un lac. On a payé des plongeurs, qui n'ont rien trouvé. Une autre a dit qu'elle avait été mise sur le marché du sexe en Thaïlande. Ma mère a dépensé des milliers de dollars en voyages et en recherches. Pour mon père et moi, tous ces gens étaient des imposteurs qui profitaient de son désespoir. Mais elle n'y voyait que du feu.

Sa voix commençait à trembler, alors il s'est tu un moment.

– Ça a fini par foutre en l'air leur mariage. Elle s'est choisi l'alcool comme nouveau compagnon.

– C'est pour ça que vous avez emménagé ici ? ai-je voulu savoir. À cause du divorce ?

– Non, ce n'est pas tout. Il y a eu un autre enlèvement. Une petite fille du même âge que ma sœur. Ils ont remonté la piste du kidnappeur jusqu'à un entrepôt désaffecté. La petite était déjà morte quand mon père est arrivé sur les lieux. Le type ne s'est pas laissé faire pendant l'arrestation, ils se sont battus, et dans la mêlée un coup de feu est parti. Pour faire court, le type est mort. Personne ne l'a pleuré, mais mon père a perdu son boulot. Les instances ont jugé qu'il avait fait un usage abusif de son arme. Si on est venus ici, c'est pour repartir de zéro. Mais on n'a pas progressé d'un pouce dans l'enquête sur ma sœur. Je commence à m'habituer au fait qu'on ne la retrouvera jamais.

Un long silence est tombé. J'étais bouleversée, je ne savais pas quoi dire. Je me repassais les actes et les paroles de Gabriel à travers un prisme nouveau. Pas étonnant que son père n'ait pas voulu que je participe à l'enquête. Pas étonnant que Gabriel m'ait prise pour une arnaqueuse dès le début.

– Comment s'appelle ta sœur ? a demandé Justin.

– Victoria Toscano. On l'appelait Vicki. Elle aurait treize ans aujourd'hui.

Je me suis laissée retomber contre le dossier de ma chaise. Le tatouage de Gabriel ne proclamait pas son amour pour Victoria Happel. Cela n'avait rien à voir. Il l'avait fait faire en souvenir de sa sœur. Une fois n'est pas coutume, je me serais giflée.

Gabriel a posé les yeux sur moi.

– Donc… je m'excuse d'avoir joué aux cons avec toi.

– Je comprends mieux pourquoi tu as une dent contre les médiums. Mais, tu sais, je n'arnaque pas les gens qui viennent me voir. Jamais je ne leur mentirais.

– Je dois reconnaître que tu es différente, mais je n'arrive toujours pas à y croire. J'espère que ça ne nous empêchera pas de… de rester amis.

– Non, bien sûr que non.

– J'aurais dû t'en parler plus tôt, mais c'est encore trop douloureux. Et mon père voulait que l'on prenne un nouveau départ. Mais après notre dispute, je me suis dit que ce serait plus facile si tu voyais les choses de mon point de vue. C'est pour ça que je suis venu ce soir.

J'ai levé une main pour le faire taire.

– Attends.

– Quoi, qu'est-ce que j'ai dit ?

– Point de vue. Mais oui, c'est ça.

Je me suis levée d'un bond. Les pièces du puzzle s'emboîtaient parfaitement.

– Claire, de quoi est-ce que tu parles ? a demandé Justin.

– C'est ça qui me gênait. Ce n'était pas le point de vue de Stephen.

Gabriel et Justin ont échangé un regard.

– Hein ?

– Dans mes visions, je me situe toujours du point de vue de la personne qui vit l'expérience.

J'ai repensé à ma vision du meurtre de Victoria. Je ne l'ai pas vue se faire tuer, j'ai ressenti sa mort.

Justin s'est levé à son tour.

– Donc, si tu as vu le visage de Stephen, ça ne peut pas être la vision de Stephen. Tu l'as observé à travers les yeux de quelqu'un d'autre.

J'ai acquiescé.

– C'était la colère et la haine de quelqu'un qui le regardait. Quelqu'un qui a touché la ceinture de Cecile.

La révélation m'a frappée comme la foudre.

– C'était Cecile, tout simplement ! Mais oui, ça colle. Elle est entrée, est ressortie avec Stephen, puis elle a dû revenir à un moment donné. C'est Cecile Clayworth qui a tué Victoria Happel.

– Intéressant, intéressant…, a dit Gabriel.

– Pourquoi ?

– Parce que c'est elle qui a appelé pour dire que Perry était parti avec la victime.

– Cecile Clayworth est le témoin mystère ?

J'ai voulu lui demander pourquoi il ne m'avait rien dit, mais une fois Perry en garde à vue, Gabriel ne devait plus avoir le droit de me parler de l'enquête.

– Elle a dit avoir vu Perry et la victime quitter le restaurant bras dessus, bras dessous.

– Ce qui est vrai, a remarqué Justin. Il se peut qu'elle n'ait fait que son devoir de citoyenne pour faire progresser l'enquête.

– Ou qu'elle ait voulu aiguiller la police dans la mauvaise direction.

– Je l'imagine mal tuer quelqu'un, a-t-il poursuivi. Encore moins éliminer Billy et Joni pour les faire taire… Elle est trop collet monté pour ça.

– C'est aussi une garce au cœur de pierre, ai-je ajouté. Tout le monde le sait.

J'ai posé une main sur le bras de Gabriel.

– C'est elle. Je le sens. Tu dois demander à ton père de l'interroger.

– Mais nous n'avons aucune preuve, a insisté Gabriel.

– Quelles preuves aviez-vous contre mon frère quand vous l'avez embarqué et fouillé la maison ?

– Un témoin le signalait avec la victime le soir du meurtre.

– Eh bien, à mon tour d'être le témoin, et je certifie que Cecile Clayworth a elle aussi croisé la route de la victime !

– Mais nous n'avons pas de mobile !

Sur ce point, il avait raison. Si j'étais désormais convaincue de la culpabilité de Cecile, ses motivations m'échappaient. Qu'est-ce qui avait pu la mettre dans une telle rage ? Voir son fils se faire éconduire ennuierait n'importe quelle mère, mais pas au point de commettre un meurtre. J'ai repensé à ma vision : selon ce que j'avais entendu, Victoria était sur le point de gâcher ce pour quoi Cecile s'était sacrifiée. Ce meurtre n'était pas le fruit du hasard. Il y avait eu préméditation. Si seulement les flics pouvaient faire venir Cecile au poste et l'interroger, nous pourrions en apprendre plus. Il se pourrait même qu'elle craque et passe aux aveux.

– J'ai entendu ses pensées. J'ai ressenti ses émotions. Je sais que c'est elle. Gabriel, sois équitable. Je sais bien que pour toi, mes visions ne valent rien. Mais donne-moi une chance, une seule, et je te prouverai le contraire.

Je me moquais bien de la présence de Justin ; j'ai pris les mains de Gabriel dans les miennes pour les serrer très fort.

– Je t'en prie.

– Mon père n'acceptera jamais de faire venir un suspect ou d'émettre un mandat sur la foi d'une vision.

Justin s'en est mêlé.

– Tu n'as qu'à lui mentir.

– Pardon ?

Gabriel a laissé tomber mes mains.

– Si Claire compte un tant soit peu pour toi, ce que je soupçonne, tu n'as qu'à mentir. Dis à ton père que tu as un témoin ayant vu Cecile et Victoria avoir une conversation animée au restaurant. Pas la peine de mentionner la vision de Claire.

Gabriel s'est tourné vers moi, et je l'ai imploré du regard.

– À moins que tu ne fasses pas confiance à Claire. Si tu la prends pour une menteuse, pour une arnaqueuse, si tu ne l'estimes pas plus que les imposteurs que tu as croisés par le passé, alors tant pis. Mais si tu crois en elle, comme moi, tu sauras prendre la bonne décision.

Gabriel gardait les yeux rivés au tapis.

– Je dois réfléchir.

– Gabriel, je t'en supplie, ai-je insisté.

– Je t'appelle.

Et il est parti.

Toute la nuit, j'ai tourné et viré dans mon lit. Je ressassais le même cauchemar où Cecile Clayworth arborant un sourire diabolique me poursuivait dans les bois, un couteau à la main. Je ne comprenais toujours pas pourquoi elle aurait cédé à une pulsion meurtrière, mais l'intensité des émotions que j'avais ressenties me prouvait pourtant qu'elle avait tué Victoria.

Mon portable a sonné sur ma table de chevet. J'ai tendu la main, pensant que nous étions encore au beau milieu de la nuit. Erreur. Il était déjà huit heures.

– Gabriel ? ai-je marmonné en me frottant les yeux.

Il avait dû prendre une décision. J'espérais qu'il avait choisi de me faire confiance.

– Non, c'est Justin.

J'ai soupiré. Gabriel ne m'accordait aucun crédit. Il n'avait rien dit à son père. Je devrais trouver un autre moyen de prouver la culpabilité de Cecile pour sauver mon frère.

– J'ai une bonne nouvelle, a dit Justin. L'inspecteur Toscano a convoqué Cecile Clayworth, elle vient d'arriver.

J'ai fait un bond.

– Sérieux ?

– Je suis dans le bureau de mon père. Il a promis de me tenir au courant de l'évolution de la situation. Je t'appelle dès qu'il y a du nouveau.

– Pas la peine. J'arrive dans cinq minutes.

La veille, j'avais discuté de ma vision avec maman. J'ai couru lui annoncer la bonne nouvelle. Assise dans son lit, elle a écarquillé les yeux en me voyant débouler.

– Que se passe-t-il ? a-t-elle demandé d'une voix ensommeillée.

– La police est en train d'interroger Cecile Clayworth. Nous pouvons aller attendre avec Justin dans le bureau de son père.

Elle a sauté du lit.

– Ça pourrait bien être la fin des ennuis, a-t-elle claironné en plaquant une robe contre sa poitrine.

– Est-ce qu'on réveille Perry ? ai-je demandé.

– Non, mieux vaut le laisser dormir. Il a besoin de récupérer. On lui annoncera la nouvelle quand il se réveillera.

Je lui ai laissé quelques minutes pour se préparer puis lui ai tendu les clés de la voiture de Perry. Le trajet est passé en un éclair. Le soleil du matin se reflétait sur les vitres de la mairie. J'ai eu le sentiment que les choses étaient en train de rentrer dans l'ordre. Maman a dû lire dans mes pensées : elle m'a souri et m'a prise par le bras pour gravir les marches jusqu'à l'entrée.

Justin était là pour nous accueillir.

– Bonjour Claire. Madame Fern.

Mon sourire hésitant s'est fait plus franc quand Justin m'a adressé un petit signe de tête encourageant. Je me sentais légère, j'avais presque l'impression de flotter à l'idée de voir mon fardeau s'envoler.

– Ton père est au poste ? a demandé maman.

– Oui, il viendra nous voir dès qu'il y aura du nouveau.

J'ai entendu des pas dans l'escalier, suivis d'une respiration saccadée. C'était Nate.

– Je savais que je vous trouverais ici. Où est Perry ?

– Il dort. On le réveillera quand on en saura plus. Espérons qu'elle passe aux aveux, qu'on en finisse.

J'ai pris Nate par le bras pour l'entraîner dans le couloir, laissant Justin et ma mère dans le bureau du maire.

– Écoute, je crois qu'il vaudrait mieux ne pas publier ton article sur les Toscano. Tu t'es trompé.

– Je sais.

– Ah bon ?

– J'ai enfin réussi à joindre l'ex-femme de l'inspecteur. Dans un de ses moments de sobriété, je veux dire.

– Alors tu es au courant pour la petite sœur de Gabriel ?

– Ouais. Mais je ne vais rien écrire.

Je l'ai serré contre moi.

– Merci.

Au bruit des pas qui ont résonné dans l'escalier, Justin et ma mère sont sortis du bureau. En arrivant sur le palier, Mr Spellman a ouvert de grands yeux, surpris de trouver un tel comité d'accueil.

– Alors, elle a parlé ? s'est enquise ma mère.

– Pas encore. Elle a passé un coup de fil.

– À qui ?

– Son avocat, je présume.

– Ça ne me dit rien qui vaille, a dit Justin en secouant la tête.

Le portable de Nate a bipé.

– Hum, intéressant.

– Quoi, qu'est-ce qu'il y a ?

– Mon patron dit que la famille Clayworth a un penchant pour les armes. Dallas et Stephen ont remporté des concours en tandem, et Cecile elle-même s'entraîne au tir.

– Voilà qui incitera peut-être la police à fouiller leur domicile pour trouver l'arme du crime, a dit maman.

– Il faut que je file, a dit Nate. Le chef veut que je consulte les archives pour dénicher des infos supplémentaires, peut-être même une photo de Cecile avec une arme lors d'une compétition.

Il a souri.

– On confie toujours aux stagiaires les missions les plus passionnantes...

Après le départ de Nate, Mr Spellman a repris la parole.

– Il ne va rien se passer pendant un petit moment. Cecile ne va pas s'exprimer avant que son avocat n'arrive, et qui sait combien de temps prendra sa déposition ensuite.

– Je préfère rester quand même, a dit maman. Claire, rentre à la maison, prends ton petit-déjeuner, et annonce la nouvelle à Perry quand il se réveillera.

– Je t'accompagne, a dit Justin.

Une semaine auparavant, je ne me serais jamais imaginée en train de marcher avec Justin en toute sérénité. Et pourtant, nous déambulions côte à côte dans cette belle lumière matinale. Notre silence m'était égal. C'était un silence agréable. Je n'avais pas envie de le gifler ni de lui crier dessus. Je ne pensais même plus à Tiffany. Mes sentiments pour Justin n'avaient jamais vraiment disparu, et je me sentais à nouveau proche de lui.

Quant à Gabriel, il avait fini par me faire confiance, suffisamment en tout cas pour demander à son père d'interroger Cecile. Gabriel ET Justin s'étaient mis en quatre pour moi et ma famille. Une douce chaleur m'a envahie, et après avoir aspiré une grande bouffée d'air frais, j'ai éprouvé un calme total.

Justin m'a accompagnée jusqu'à la porte d'entrée. Tandis qu'il s'apprêtait à partir, je me suis aperçue que j'avais envie qu'il reste.

– Tu veux boire un truc ?

– Avec plaisir, a-t-il répondu, tout sourires.

J'ai tourné la poignée, et la porte s'est ouverte.

– Perry doit être levé.

J'avais verrouillé derrière moi en partant.

– Perry !

Pas de réponse.

– Il doit être sous la douche, a dit Justin.

Je suis allée dans la cuisine nous chercher des Coca et me suis figée. Il y avait un corps par terre. Je voyais deux pieds dépasser de l'îlot central.

– Perry ?

J'ai voulu me précipiter vers lui, mais une voix a retenti dans l'entrée.

– Pas un geste.

J'ai fait volte-face pour me retrouver avec un pistolet braqué sur la tête. Le souffle coupé, je n'ai pu articuler qu'un seul mot.

– Toi ?

XXV

– Toi, rejoins-la, a crié Stephen à Justin en agitant son arme. Et ne fais rien que tu pourrais regretter.

J'étais sous le choc. Mains en l'air, Justin s'est rapproché de moi.

– Le coup de fil de Cecile n'était pas destiné à son avocat, a dit Justin. C'est toi qu'elle a appelé.

Stephen a souri.

– Bravo, champion. C'est que tu pourrais devenir maire, un de ces quatre.

– Stephen, je peux savoir ce que tu es en train de faire ?

Je n'en revenais pas. J'étais persuadée que Cecile était l'assassin.

– En effet, ma mère m'a passé une nouvelle commande de nettoyage, si je puis dire. Mais, ne vous en faites pas, j'ai appelé notre avocat en venant. Elle va s'en sortir. Quant à vous…

Un rictus malsain a métamorphosé son visage. Je ne l'avais jamais vu comme ça.

– Perry est dans la cuisine, il est inconscient, a-t-il poursuivi. On retrouvera cette arme couverte de ses empreintes. Ma mère et moi, nous serons libres. Et vous, vous serez morts. Bon débarras.

Il a pointé son arme sur moi.

Justin a rugi et s'est précipité sur lui. Stephen l'a mis en joue, le coup est parti. Justin s'est arrêté net, comme foudroyé. Il s'est effondré sur le sol, inconscient.

– Non !

Je me suis agenouillée près de lui. Le sang s'écoulait de sa blessure. Il en perdait trop, et trop vite. La pièce s'est mise à vaciller. J'ai cligné des yeux pour me concentrer. J'observais sa poitrine mais aucun signe de respiration n'était perceptible.

– Désolé pour ton petit chéri, a dit Stephen. Mais rassure-toi, ton deuil sera de courte durée. Tu es la prochaine sur ma liste.

Je me suis levée pour lui faire face, mais il m'a repoussée d'un violent coup de crosse sur le crâne. Je suis retombée aussitôt, étourdie, un filet de sang s'écoulait le long de mon front. Pourquoi ce geste ? Pourquoi ne pas me tuer tout de suite ?

Soudain, j'ai compris.

– Tu veux d'abord que je perde connaissance.

Il a plissé les yeux.

– Quoi ?

– Tu n'arriveras pas à me tuer si je suis consciente et que je te regarde. Tu n'en as pas le cran.

– À ta place, je ne dirais pas ça. J'ai déjà tué deux personnes, tu sais.

– Deux ?

– Ma mère a commis une erreur en supprimant cette garce. On aurait pu s'occuper d'elle autrement. J'ai essayé, en tout cas. Mais ma mère n'en a pas eu la patience.

– Alors c'est bien ta mère qui a tué Victoria.

Ma tête commençait à m'élancer.

– Pourquoi ? ai-je voulu savoir.

– Parce que c'était une sale putain qui n'acceptait pas qu'on lui résiste, a-t-il dit en crachant tout son venin.

Je n'étais pas sûre de bien comprendre.

– C'était ta petite amie ?

– Bien sûr que non ! C'était une des... badineries de mon père. Il ne l'a vue que quelques fois, quand il était en déplacement à Boston. Il s'était montré très clair sur leur relation. Mais cette allumeuse s'est monté la tête et a débarqué sans crier gare.

Il a éclaté d'un rire de dément.

– Cette petite imbécile a cru qu'elle pourrait devenir plus que sa maîtresse.

Des détails me sont revenus en mémoire. Nate avait dit que le journal enquêtait sur une éventuelle maîtresse de Dallas Clayworth. Joni avait parlé des soirées chic où elle travaillait comme serveuse avec Victoria. Elle avait aussi souligné que ça ne ressemblait pas du tout à Victoria de partir seule dans un endroit où elle ne connaissait personne, et qu'elle semblait avoir un secret depuis quelque temps.

J'avais eu tous les éléments en main. Seulement, je n'avais pas su les assembler correctement.

Victoria avait rencontré Dallas à un gala de charité qui avait marqué le début de leur aventure. Son rôle de maîtresse lui convenait parfaitement, jusqu'à ce que sa vie s'écroule. Elle avait perdu son petit copain ET sa meilleure amie. Alors elle avait décidé de venir jusqu'ici pour passer aux choses sérieuses avec Dallas.

– Et Dallas l'a envoyée promener, ai-je dit en levant les yeux vers Stephen.

– Mais elle a essayé de lui forcer la main, a rétorqué Stephen, narines dilatées. Elle l'a menacé de tout déballer à la presse. Ce qui lui aurait fait perdre l'élection.

– Cela justifiait-il un meurtre ?

– Ma mère a tenté de la raisonner au téléphone.

Je me suis souvenue de la vision que m'avait procurée le portable de Victoria au tout début de l'enquête.

Il ne t'appartient pas. De toute évidence, il ne veut plus de toi. C'est moi qu'il veut.

J'avais cru que Victoria s'était disputée avec Joni au sujet de Joel. Mais je m'étais trompée. Ses paroles étaient adressées à Cecile. À propos de son mari.

Le regard de Stephen s'est perdu dans le vague, comme plongé dans un souvenir.

– J'ai moi-même tenté de la raisonner, ce soir-là. Je lui ai ordonné de nous laisser tranquilles et de rentrer à Boston.

Je me souvenais de Stephen parlant avec insistance à l'oreille de Victoria.

Il a reporté son attention sur moi.

– Mais elle n'en faisait qu'à sa tête. Alors ma mère a décidé de prendre les choses en main. Dans le but de protéger notre famille et notre avenir. Elle m'a mis dans un taxi et a suivi Victoria et ton frère jusqu'au motel. Elle a attendu que Perry s'en aille, est entrée dans la chambre, et l'a tuée avec cette arme. Mon père en a une sacrée collection, tu sais. Si les flics fouillent la maison, ils ne se rendront même pas compte qu'il en manque une.

– Ta mère t'avait prévenu de ce qu'elle comptait faire ?

Je voulais continuer à le faire parler.

– Non. Mais cet imbécile de Billy Rawlinson s'est mis en tête de la faire chanter, alors elle m'a appelé à la rescousse. Elle m'a dit d'aller le voir et de faire le ménage.

– Et pour Joni ?

– Pareil.

– Mais pourquoi ?

– Cette crétine a mené sa propre enquête. Elle a interrogé des gens au *Miam-Miam* pour découvrir à qui Victoria avait parlé ce soir-là. Ma mère l'a vue coller des affichettes en ville. Elle se rapprochait trop du but. Alors il a fallu que je m'occupe d'elle. Billy et Joni seraient encore en vie s'ils s'étaient mêlés de leurs oignons.

J'avais les genoux engourdis, mais j'étais trop terrorisée pour bouger un orteil. Continuer à le faire parler était ce qui me maintenait en vie.

– Donc d'après toi, ils méritaient de mourir ?

– Je n'avais pas le choix, Claire ! Il fallait que je protège ma famille. Et maintenant, ton tour est venu. Mais tu es la dernière. Ton frère est au pays des songes, prêt à laisser ses empreintes sur ce pistolet, qui n'est autre que l'arme du crime. Il prendra perpète pour le meurtre de sa sœur et du fils du maire. Il ne fera aucun doute qu'il a tué les autres victimes, puisqu'il était déjà le suspect numéro un.

Il a fait mine de s'attrister.

– Je suis vraiment navré, Claire. Je t'aimais vraiment bien. C'est pour ça que je t'ai laissé la vie sauve quand je t'ai vue avec la dépouille de Billy Rawlinson.

J'étais comme paralysée. Chaque muscle de mon corps était tendu à l'extrême.

– Alors c'était toi dans les bois...

– Je t'ai accordé une seconde chance de reprendre tes esprits et de te mêler de tes affaires. Mais tu t'es obstinée. Tu ne me laisses plus le choix. Ma mère n'aurait jamais dû ouvrir cette ronde macabre. À moi d'y mettre un terme, en tuant une dernière fois.

Mme Maslov avait dit la vérité. Elle avait annoncé à Stephen qu'une rousse allait lui attirer des ennuis, ce que j'avais fait. Elle m'avait avertie d'un danger mortel. Et sur ce point, elle avait vu on ne peut plus juste.

Je commençais à avoir du mal à respirer. D'un battement de cils, je me suis débarrassée d'une goutte de sang qui coulait de mon front. C'était maintenant ou jamais. Je tenais ma dernière chance de lui faire entendre raison. De l'implorer de me laisser la vie sauve.

– Ne me tue pas. Tu vas le regretter.

– Je sais, Claire. Mais il le faut.

– Ça ne te ressemble pas. Tu n'es pas un assassin.

– Il y a une quinzaine de jours, j'aurais dit la même chose. Mais tu es bien placée pour savoir qu'on ne doit pas se fier aux apparences. Les gens peuvent faire des choses insoupçonnables. On croit connaître quelqu'un et puis…

Il a haussé les épaules et armé son pistolet.

Là, tout est devenu noir. Un poids m'a écrasée. Sur le ventre, face contre terre, j'ai entendu un coup de feu. Des éclats de bois. Le cri de Stephen. Des bruits de lutte. Je n'y voyais rien, et il fallait à tout prix que je sache ce qui se passait. Je me suis hissée sur les mains pour me débarrasser du corps qui pesait sur mon dos. J'ai entendu un « Humpf ».

– Perry ?

Il saignait à la tête et avait les pupilles complètement dilatées. Malgré sa blessure, il avait repris connaissance à temps pour me sauver la vie. La porte d'entrée était ouverte. L'inspecteur Toscano et un agent de police maintenaient Stephen au sol et lui passaient les menottes tandis qu'il se débattait en hurlant comme une bête sauvage.

Perry s'est penché sur le corps inerte de Justin et a posé deux doigts contre son pouls.

Puis il m'a regardée.

XXVI

– Tu devrais rentrer à la maison, m'a dit maman. Tu as besoin de repos.

J'ai effleuré le gros pansement que j'avais au front.

– Non, je reste ici.

– Moi aussi, a enchéri Perry, affublé du même bandage que moi.

On aurait dit deux idiots qui s'étaient livrés à un concours de coups de boule.

Cela faisait des heures que nous étions à l'hôpital. Ma blessure était mineure. Du paracétamol et de la gaze, c'était tout ce dont j'avais besoin. Perry avait eu droit à trois points de suture et à un léger traumatisme crânien, mais il irait mieux dans peu de temps.

Nous ignorions encore la gravité de la blessure de Justin.

Gabriel nous a rejoints avec des bouteilles d'eau fraîche sur lesquelles on s'est jetés.

– Gabriel, a dit maman en se penchant vers lui, comment ton père a-t-il su que mes enfants étaient en danger ?

– Une dame complètement azimutée a appelé au poste en hurlant que nous devions aller chez vous, sur-le-champ.

– Han, a soufflé maman en s'attachant les cheveux. Milly a dû entendre du raffut.

Gabriel a haussé les épaules.

– Tout ce qu'on peut dire, c'est qu'elle avait un accent russe très prononcé.

Mme Maslov. J'ai eu un frisson. Elle avait dû avoir une vision de la scène et appeler les flics juste à temps. Moi qui l'avais jugée sans la connaître, comme tant d'autres avec moi. Je m'étais trompée.

Je suis allée jeter ma bouteille vide à la poubelle. Gabriel m'a suivie. Une fois seuls, il m'a serrée contre lui, menton posé sur ma tête. Je me suis abandonnée à son étreinte, déchargeant le poids des émotions et de la fatigue sur ses épaules.

– Je suis désolé, a-t-il dit d'une voix douce. Tu avais raison à propos des Clayworth.

– Seulement à moitié.

J'ai reculé d'un pas. Si j'avais vraiment vu juste, j'aurais pu sauver Justin.

– Et moi je n'ai pas cru un quart de ce que tu disais…

– Mais tu as fini par me faire confiance. Suffisamment pour demander à ton père d'interroger Cecile.

– Je tiens aussi à m'excuser d'avoir soupçonné ton frère.

J'ai accepté ses excuses sans discuter, m'étant moi-même livrée aux pires suppositions.

– Je voudrais que tu me dises une chose, a-t-il poursuivi avant de souffler un grand coup. Est-ce qu'on pourrait reprendre sur de nouvelles bases, toi et moi ? Tu crois que tu peux m'accorder une seconde chance ?

Avant que j'aie le temps de réfléchir à sa question, j'ai aperçu quelqu'un par-dessus son épaule. Mr Spellman arrivait vers nous à grandes enjambées. J'ai couru vers lui. Maman et Perry se sont levés.

– Comment va-t-il ? a demandé maman.

– L'opération s'est bien passée, il vient de se réveiller. On a pu parler. Il va s'en sortir.

Mon cœur a bondi dans ma poitrine. J'ai poussé un profond soupir, comme si j'avais retenu mon souffle pendant des heures. Un murmure de soulagement nous a tous parcourus.

– Ma femme refuse d'aller à la cafétéria tant que personne ne prend le relais à son chevet.

Mr Spellman m'a regardée, et je lui ai fait un signe de tête.

J'ai dévalé le couloir et me suis ruée dans sa chambre, en prenant quand même soin de ne pas claquer la porte derrière moi. Il était allongé sur un lit, les yeux fermés, le teint gris. Un large pansement blanc recouvrait la partie gauche de son abdomen. J'étais enfin véritablement rassurée, comme s'il avait fallu que je le voie pour croire qu'il était tiré d'affaire.

– Claire.

Je me suis précipitée à son chevet.

– Tu es réveillé.

– Oui. Je me reposais. Je suis content de te voir. Et très heureux que tu n'aies rien.

– Comment tu te sens ?

Il a essayé de se redresser, mais il a grimacé.

– Se prendre une balle, ça craint, je ne vais pas te dire le contraire. Mais si ça t'a sauvé la vie, alors ça valait le coup.

Il m'a fait un petit sourire.

– Je ne sais pas ce que je deviendrais si je te perdais, ai-je dit.

– Tu dis ça parce que j'ai failli mourir pour te sauver la peau.

J'ai ri.

– C'est faux. Je m'en suis rendu compte quand on s'est embrassés sur la promenade.

J'avais capté son attention.

– Mais je n'ai pas dit que je veux qu'on se remette ensemble, ai-je ajouté.

– C'est pourtant ce qui va se passer. Ce n'est plus qu'une question de temps.

– Tu es bien sûr de toi, dis-moi...

– Peut-être parce que je peux prédire l'avenir.

Il m'a fait un clin d'œil.

– Est-ce qu'on peut se joindre aux retrouvailles ? a demandé Perry en passant la tête par la porte.

– Entrez, entrez, a répondu Justin.

Gabriel était avec lui.

– Hé ! mec, chouette bandage, a dit Justin à Perry.

– Il doit être trop serré… J'ai un sacré mal de crâne !

– Il faudra que je remercie ton père, a dit Justin à Gabriel en lui serrant la main. Le médecin a dit que si j'avais perdu plus de sang, je n'aurais pas survécu.

J'ai observé leur conversation de loin. Mon regard passait de l'un à l'autre. Il était temps pour moi d'y aller, j'étais en proie à des sentiments trop contradictoires. Je suis sortie en prenant garde de ne pas trébucher sur un chariot que quelqu'un avait laissé près de la porte.

– Claire !

Mme Maslov courait dans le couloir pour me rattraper.

– Votre mère a dit que je vous trouverais ici. J'avais des choses à vous dire à toutes les deux.

– C'est vous, n'est-ce pas ?

Elle s'est arrêtée net.

– Moi ?

– C'est vous qui avez crevé le pneu de notre voiture quand on s'apprêtait à aller chez les Clayworth. C'est vous qui avez appelé pour prendre rendez-vous le soir suivant. Pourquoi ne pas m'avoir simplement dit que j'étais en danger ?

Elle a mis ses mains sur ses hanches en me regardant de travers.

– Mais oui, je m'en souviens, c'est ce que vous avez essayé de faire !

– Comme je l'ai dit déjà, vous n'écoutez pas bien.

– Mais vous ne m'avez donné aucun détail.

– C'est parce que je ne savais pas le pourquoi ni le comment. J'ai simplement senti le danger proche. J'ai fait de mon mieux.

– Et je vous en remercie.

Je lui ai pris la main.

– Je suis désolée que ma famille ne vous ait pas réservé un meilleur accueil. Mais nous allons y remédier.

– Alors que je pars ?

– Vous partez ? Mais comment ça ?

– Les raisons de ma venue ici ne sont pas belles.

– Qu'est-ce que ça veut dire ?

– On m'a, euh... comment dit-on ? Recrutée. Quelqu'un a payé mon loyer, la publicité, et il ne me restait plus qu'à accueillir les clients et à les satisfaire. J'ai vu là une grande opportunité. Quel pays merveilleux, cette Amérique, avec tous ces investisseurs. Mais j'ai compris que je faisais partie d'un plan pour se venger de votre famille. Je ne suis pas d'accord avec ça.

Tout devenait limpide. Je comprenais pourquoi j'avais vu Stephen sortir de sa boutique ce jour-là. Pourquoi Cecile s'y rendait avant notre petite querelle.

– C'est Cecile Clayworth qui vous payait ?

– Oui.

C'était la monnaie de ma pièce pour avoir dénoncé son fils. La vengeance était un véritable hobby dans cette famille.

– Désolée d'avoir causé tous ces ennuis.

Mme Maslov m'a gentiment tapoté la joue.

– Attendez. Avant de partir… vous pouvez me donner les numéros du loto de demain ?

Elle a ri en rejetant la tête en arrière.

– Non, pas de numéro. Mais… une petite lecture ?

Elle a serré mes mains dans les siennes, comme sur le point de me révéler un secret. Elle a fait claquer sa langue et légèrement secoué la tête.

– Je vois deux choses dans votre avenir. Une proche et une lointaine. Très bientôt, votre frère va se blesser à la cheville. Et, plus tard… vous verrez que l'amour de quelqu'un pour vous n'est pas sincère… les sentiments de cette personne ne se nourrissent pas d'affection, mais de fiel.

Elle a rouvert les yeux et laissé tomber mes mains.

– Prenez garde.

– D'accord… Merci.

J'ai frissonné. Même si auparavant Mme Maslov avait vu juste, il y avait sûrement cinquante pour cent de chances pour qu'elle tombe à côté de la plaque, n'est-ce pas ? Enfin, je l'espérais.

– Une dernière question.

J'ai scruté le couloir pour m'assurer que ma mère n'était pas dans les parages.

– L'homme que vous avez vu et qui ressemblait à mon frère… Était-il assez vieux pour être mon père ?

– Pourquoi me demander ça ?

– Je n'ai pas vu mon père depuis quinze ans.

Elle a froncé les sourcils, pincé les lèvres.

– Peut-être. Il était très ressemblant. Mais…

– Mais quoi ?

– Si c'est bien votre père, réjouissez-vous qu'il soit loin d'ici.

Avant que j'aie le temps de digérer cette révélation, la porte de la chambre de Justin s'est ouverte. Perry disait au revoir à Justin. Quand j'ai voulu en savoir plus sur sa réponse mystérieuse, Mme Maslov était déjà au bout du couloir.

– Mince.

– Hou ! là, hou ! là !

J'ai à peine eu le temps de voir Perry trébucher contre le chariot qu'il était déjà par terre en train de gémir comme une fillette.

En se tenant la cheville.

Quelques jours plus tard, ayant obtenu l'autorisation de me soustraire à la vigilance maternelle plus d'une minute, je suis sortie faire un tour sur la plage. Assise sur le sable chaud, je laissais les grains de sable filer entre mes doigts et dériver au vent. Les vagues aux crêtes d'écume s'écrasaient et repartaient, pour le plus grand plaisir des enfants qui hurlaient et couraient un seau à la main, en toute insouciance.

J'ai pensé à Justin et à Gabriel, aux sentiments confus que j'éprouvais pour eux.

J'ai pensé à Mme Maslov, à ses déclarations sur mon père, à ses prédictions alarmantes concernant une personne malintentionnée à mon égard.

Et enfin, j'ai songé à Stephen et à ce qu'il avait fait. D'une certaine façon, même si c'était horrible, je comprenais ce qui l'avait poussé à agir. Je connaissais le sens des mots loyauté et famille. J'avais d'ailleurs découvert ce dont j'étais capable pour protéger les miens. J'avais caché des informations à la police. Je m'étais servie de certaines personnes. J'avais menti.

Si la situation avait empiré… jusqu'où aurais-je été capable d'aller ? Stephen, lui, l'avait découvert.

Espérons que jamais on ne me pousserait à bout.

Remerciements

Je remercie du fond du cœur :

Scott Miller, mon agent, qui a cru en moi. Toute l'équipe de Scholastic, avec mon plus profond respect, et particulièrement Aimee Friedman, une éditrice extraordinaire.

Susan Happel Edwards, pour le titre. C'est une amie très drôle, attentionnée, généreuse, intelligente, bref, géniale. Loufoque, aussi.

Ted Curtin, pour ses précieux renseignements sur la vidéosurveillance. Peut-être que dans un prochain roman, j'aurai recours à quelque chose de plus high-tech !

Les créateurs de la Xbox 360, qui ont occupé mon mari et mon fils pendant que j'écrivais.

Le Poker Crew, pour les fous rires du vendredi soir.

Les filles de LOC, pour toutes ces années d'amitié.

Tous les lecteurs, adultes ou adolescents, les blogueurs, libraires et bibliothécaires qui se sont enthousiasmés pour ce livre… merci, merci, merci !

Mes amis, anciens et plus récents, trop nombreux pour les citer, mais que j'adore. Merci pour votre soutien et tous les bons moments.

Mes parents, Dan et Barbara Harrington ; mes beaux-parents (qui en font vraiment de belles !) Ann et Tony ; et toute ma famille – si dingue soit-elle – du Massachusetts à l'Irlande. Je vous aime !

Mike et Ryan, qui me font sourire, rire et grâce à qui, chaque jour, je me sens aimée. Je suis la nana la plus chanceuse de la planète – exception faite de cette dame qui a gagné cinq fois au loto. Mais, pour rien au monde, je n'échangerais ma place contre la sienne.

Composition : Nord Compo

Achevé d'imprimer en avril 2011
par NORMANDIE ROTO S.A.S. à Lonrai
Dépôt légal : mai 2011
N° d'imprimeur : 111784

Conforme à la loi n° 49-956 du 16 juillet 1949
sur les publications destinées à la jeunesse.

Imprimé en France